O MANDARIM

Livros do autor na Coleção **L&PM** POCKET:

Alves & cia.
A cidade e as serras
A correspondência de Fradique Mendes
O crime do Padre Amaro
A ilustre casa de Ramires
Os Maias
O mandarim
As minas de Salomão – tradução do livro de Rider Haggar
O primo Basílio
A relíquia

EÇA DE QUEIROZ

O MANDARIM

www.lpm.com.br
L&PM POCKET

Coleção **L&PM** POCKET, vol. 169

Texto de acordo com a nova ortografia.

Primeira edição na Coleção **L&PM** POCKET: maio de 1999
Esta reimpressão: março de 2019

Capa: Ivan Pinheiro Machado
Revisão: Delza Menin, Luciana H. Balbueno, Flávio Dotti Cesa e
  Fernanda Cavagnoli

E17m

Eça de Queiroz, José Maria, 1845-1900.
  O mandarim / José Maria Eça de Queiroz. -- Porto Alegre: L&PM,
2019.
  96 p. ; 18 cm. -- (Coleção L&PM POCKET ; v. 169)

  ISBN 978-85-254-0998-0

  1.Ficção portuguesa-novelas. 2. Queiroz, José Maria Eça de, 1845-
1900. I.Título. II.Série.
                                    CDU 869.33
                                    CDU 869-32

Catalogação elaborada por Izabel A. Merlo, CRB 10/329

© desta edição, L&PM Editores, 1999

Todos os direitos desta edição reservados a L&PM Editores
Rua Comendador Coruja, 314, loja 9 – Floresta – 90.220-180
Porto Alegre – RS – Brasil / Fone: 51.3225.5777

Pedidos & Depto. comercial: vendas@lpm.com.br
Fale conosco: info@lpm.com.br
www.lpm.com.br

Impresso no Brasil
Verão de 2019

O Mandarim:

A NUDEZ DA REALIDADE SOB O CÉU DA FANTASIA

*Maria Tereza Faria**

> *"Vai-te, Satanás, porque está escrito:*
> *adorarás o Senhor teu Deus e somente*
> *a Ele servirás."*
> Lucas 4, 5-8

A atribulada infância de Eça de Queiroz – rejeitado pelos pais, foi criado, sucessivamente, por diversos parentes, até parar num internato –, aparentemente, não abalou esse grande escritor, considerado a alma realista portuguesa. Talvez, justamente essa instabilidade tenha permitido a José Maria Eça de Queiroz a escritura das mais vigorosas páginas do Realismo português.

Suas primeiras obras impressas, ainda sob o signo romântico, tinham forte caráter sentimental. No entanto, aos vinte e um anos, ligado à intelectualidade portuguesa e já advogando, começa a moldar o realista combativo e fervoroso. *O Mandarim* vem à luz em 1880, mesmo ano em que Eça publica a versão definitiva de *O crime do Padre Amaro,* este considerado o primeiro grande divisor de águas na obra do romancista. Nessa fase, o escritor tem a intenção de corrigir os vícios da burguesia de seu país, utilizando-se da crítica de costumes e da sátira.

Na carta – que faz as vezes de prefácio a *O Mandarim* – endereçada por Eça ao redator da *Revista Universal*, o escritor afirma ser a novela em questão "uma obra bem modesta

---
* Maria Tereza Faria é professora do Curso Universitário e do Colégio João Paulo I em Porto Alegre.

e que se afasta consideravelmente da corrente moderna da nossa literatura, que se tornou, nos últimos anos, analista e experimental (...) esta obra pertence ao sonho e não à realidade". Explica, ainda, o porquê de tal opção: para ele, a despeito de todo o Realismo, o que atrai o espírito português é a fantasia. Daí, os "contos fantásticos, dos verdadeiros, desses que têm fantasmas e onde se encontra, ao canto das páginas, o diabo, o amigo diabo, esse delicioso terror da nossa infância católica".

Vê-se, pois, que Eça de Queiroz não suprime de sua obra o fantástico, tampouco furta-se a um dos temas clássicos da literatura: o pacto com Satanás como meio de fazer frente à desmedida ambição humana. Mas não pense o leitor que, por isso, vai encontrar nessas páginas superficialidade. Nessa fábula – que se, mais não o fosse, valeria pela moralidade evidenciada – apreenderá uma crítica bem delineada ao mundo burguês, plena de observações irônicas, da qual não escapam o clero, as mulheres adúlteras, os governantes, o mundo das aparências.

Teodoro (observe a ironia já presente no próprio nome do personagem-narrador: teo = Deus) dá-se a conhecer ao leitor já no fim de sua existência: "Eu chamo-me Teodoro – e fui amanuense do Ministério do Reino". De forma minuciosa – bem ao gosto do ideário realista – descreve-se física e psicologicamente: "chamava-me *Enguiço*! (...) por eu ser magro, estar sempre às portas com o pé direito, tremer de ratos, ter à cabeceira da cama uma litografia de Nossa Senhora das Dores (...) e corcovar. Infelizmente corcovo – do muito que verguei o espinhaço na universidade (...), na repartição..."

Presa de uma existência rotineira, medíocre, organizada mediante o parco salário de vinte mil-réis mensais, Teodoro não nega que já àquela época era ambicioso, de uma ambição também pequena, porque lhe faltava imaginação e porque era um positivo. Aspirava ao racional apenas, contudo (ironia!)

rezava todos as noites a Nossa Senhora das Dores para que ela pudesse fazê-lo ganhador da loteria, cujos décimos adquiria semanalmente.

O hábito da leitura, uma de suas únicas distrações, leva-o a deparar-se, num capítulo intitulado "Brecha das almas", com um singular período: "No fundo da China existe um mandarim mais rico que todos os reis que a fábula ou a história contam. Dele nada conheces, nem o nome, nem o semblante, nem a seda de que se veste. Para que tu herdes os seus cabedais infindáveis, basta que toques essa campainha, posta a teu lado, sobre um livro. Ele soltará apenas um suspiro, nesses confins da Mongólia. Será então um cadáver: e tu verás a teus pés mais ouro do que pode sonhar a ambição de um avaro. Tu, que me lês e és um homem mortal, tocarás tu a campainha?"

Transforma-se a vida de Teodoro. Pacificamente sentado a seu lado, contemporâneo, regular, classe média como se viesse da sua repartição, está o Diabo, instando-o a matar, visto que "matar, meu filho, é quase sempre equilibrar as necessidades universais". Sem hesitar, com a mão firme, Teodoro repinica a campainha.

E, nesse momento, deparamo-nos com a ácida crítica queiroziana ao momento político-econômico vivido por Portugal e aos ditames literários. Aprofundamo-nos na personalidade contraditória de Teodoro e em sua consciência personificada na incômoda visão do velho mandarim morto, em cujos braços repousa um papagaio de papel. Mergulhamos na brilhante e ocidental descrição que o escritor faz da China – embora tenhamos a impressão de ter nas mãos a superfície lisa e estática de um cartão-postal.

E, no entanto, "ó, leitor, criatura improvisada por Deus, obra má de má argila, meu semelhante e meu irmão!", a despeito de tantas e tão ricas aventuras e possibilidades, terias, como Teodoro, coragem suficiente para fazer soar a compainha? É para responder a essa pergunta que fazemos um pacto com Eça e seu mandarim de túnica amarela. "Tu que me lês e és um homem mortal, tocarás tu a campainha? (...) no ponto de interrogação final eu via o pavoroso gancho com que o Tentador vai fisgando as almas que adormeceram sem se refugiar na inviolável cidadela da Oração!"

O MANDARIM

A propos du "Mandarim"
Lettre qui aurait du être une Préface*

Monsieur le Rédacteur de la "Revue Universelle":

Vouz voulez, Monsieur, donner aux lecteurs de la Revue Universelle une idée du mouvement littéraire contemporain en Portugal, et vous me faites l'honneur de choisir le Mandarin, un conte fantaisiste et fantastique, où l'on voit encore, comme au bon vieux temps, apparaître le diable, quoique en redingote, et où il y a encore des fantômes, quoique avec de très bonnes intentions psychologiques. Vous prenez là, Mousieur, une oeuvre bien modeste et qui s'écarte cousidérablement du courant moderne de notre littérature devenue, dans ces dernières années, analyste et expérimentale; et cependant par cela même que cette oueuvre appartient ao rêve et non à la réalité, qu'elle est inventée et non observée, elle caractérise fidèlement, ce me semble, la tendance la plus naturelle, la plus spontanée de l'esprit portugais.

Car, quoique aujourd'hui toute notre jenunesse littéraire, et même quelques-uns des ancêtres échappés du romantisme, s'appliquent patiemment à étudier la

---
* Publicado em francês no original. (Ver no final deste prefácio a tradução em português.)

nature, et font de constants efforts pour mettre dans les livres la plus grande somme de réalité vivante – nous sommes restés ici, dans ce coin ensoleillé du monde, très idéalistes au fond et très lyriques. Nous aimons passionnément, Monsieur, à tout envelopper dans du bleu; une belle phrase nous plaira toujours mieux qu'une notion exacte; la fabuleuse Mélusine, dévoratrice de couers d'hommes, charmera toujours nos imaginations incorrigibles bien plus que la très humaine Mme. Marnesse; et toujours nous considérerons la fantaisie et l'éloquence comme les deux signes, et les seuls vrais, de l'homme supérieur Si par hasard on lisait en Portugal Stendhal, on ne pourrait jamais le goûter: ce qui chez lui est exactitude, nous le considérerions stérilité. Des idée justes, exprimées dans une forme sobre, ne nous intéressent guère: ce qui nous charme, ce sont des émotions excessives traduites avec un grand foste plastique de langage.

Des esprits ainsi formés doivent ressentir nécessairement de l'éloignement pour tout ce qui est réalité, analyse, expérimentation, certitude objective. Ce qui les attire, c'est la fantaisie, sous toutes ses formes, depuis la chanson jusqu'à la caricature; aussi, en art, nous avons surtout produit des lyriques et des satiristes. Ou nous restons les yeux levés vers les étoiles, laissant monter vaguement le murmure de nos coeurs; ou, si nous laissons tomber un regard sur le monde environnant, c'est pour en rire avec amertume. Nous sommes des hommes d'émotion, pas de raisonnement.

Nous savons chanter, quelquefois railler, jamais expliquer. Voilà pourquoi il n'y a pas de critique en Portugal. Aussi le roman et le drame jusqu'à ces derniers temps n'étaient que des oeuvres de poésie et d'éloquence, quelquefois des plaidoyers philosophiques, d'autres fois des élégies sentimentales. L'action y était conçue hors de toute vérité sociale et humaine. Les personnages étaient des anges cachant leus ailes sous leurs redingotes, ou bien des monstres symboliques, taillés sur le vieux patron de Satan: jamais des hommes. Un style riche et métaphorique couvrait tout cela de fleurs et de panaches. Les auteurs dramatiques, les romanciers, en créant leurs épisodes, n'avaient qu'à s'abandonner à cette espèce d'ivresse extatique qui fait chanter les rossignols par nos beaux soirs de pleine lune: tout de suite le public se pâmait. On jugeait alors une pièce de théâtre d'après la splendeur de la rhétorique.

Ceci ne pouvait pas continuer, surtout après que l'evolution naturaliste eut triomphé en France, et que le direction des idées, en fait d'art, semblait devoir rester aux mains de la science expérimentale. Car nous imitons ou nous faisons semblant d'imiter en tout la France, depuis l'esprit de nos lois jusqu'à la forme de nos chaussures: à un tel point que pour un oeil étranger, notre civilisation, surtout à Lisbonne, a l'air d'être arrivée la veille de Bordeaux, dans des caisses, par le paquebot des Messageries. Cependant, même avant le naturalisme, dejà quelques jeunes esprits parmi nous avaient compris que la littérature d'un pays ne pouvait rester pour toujours étrangère au monde réel, qui travaillait et souffrait autour d'elle. En s'isolant dans les nuages, occupée à ciseler des préciosités de style, elle risquerait de devenir dans une société vivante, un objet de bric-à-brac. On s'est donc imposé bravement le devoir de ne plus regarder le ciel – mais la rue. Seulement faut-il le dire? On faisait cette noble besogne, non par une inclination naturelle de l'intelligence, mais par un sentiment de devoir littéraire – j'allais presque dire de devoir public. Pour l'honneurs des modernes lettres portugaises, on tâchait de mettre dans ses oeuvres beaucoup d'observation, beaucoup d'humanité; mais il arrivait qu'en étudiant consciencieusement son voisin, petit rentier ou petit employé, on regrettait les temps où il était permis, sans être démodé, de chanter les beaux cavaliers aux reluisantes armures. Les temps de flânerie idéale à travers les bois de la fantaisie étaient passés, hélas! L'art n'était plus un facile épanchement de l'âme trop chargée de rêve, mais une âpre et sévère recherche de vérité. Il fallait maintenant, pendant des grans volumes de cinq cents pages, se mêler à une humanité qui n'a plus d'ailes, qui nous semble n'avoir que des plaies, et on était forcé de remuer avec une main, habituée au duvet des nuages, toute sorte de choses attristantes et basses, la petitesse des caractères, la banalité des conversations, la misère des sentiments... La langue même, cette langue poétique et imagée qu'on se plaisait à parler ne pouvait plus servir à rendre ces choses humbles et vraies; il fallait se servir d'une langue exacte, sèche, comme celle du code civil... Eh bien, Monsieur, dans ce milieu réel, contemporain, banal, l'artiste portugais habitué aux belles chevouchées à travers l'idéal, étouffait; et s'il ne pouvait quelquefois faire une escapade vers l'azur, il mourrait bien vite de la nostalgie de la chimère. Voilà pourquoi, même après le naturalisme, nous écrivons encore des contes fantastiques, des vrais, de ceux où il y a fantômes et où l'on rencontre au coins des pages le diable, l'ami diable, cette délicieuse terreur de notre enfance catholique. Alors, du moins pendant tout un petit volume, on ne subit plus l'incommode soumission à la vérité, la touture de l'analyse, l'impertinente tyrannie de la réalité. On est en pleine licence esthétique. On peut mettre dans le coeur de sa concierge tout l'idéalisme d'Ophélie et faire parler les paysans de son village avec la majesté de Bossuet. On dore ses adjectifs. On fait marcher ses phrases à travers la page blanche comme à travers une place pleine de soleil avec des pompes cadencées de procession s'avançant parmi des jonchées des roses... Puis la dernière feuille écrite, la dernière épreuve corrigée, on quitte la rue, on reprend le trottoir, et on se remet à l'étude sévère de l'homme et de sa misère éternelle. Content? Non, Monsieur, résigné.

EÇA DE QUEIROZ
Lisbonne, le 2 août 1884.

A PROPÓSITO DO "MANDARIM"*
CARTA QUE DEVERIA TER SIDO UM PREFÁCIO

Senhor Redator da *Revue Universelle*:

Deseja, o Senhor, fornecer aos leitores da *Revue Universelle* uma ideia do movimento literário contemporâneo em Portugal e me dá a honra de escolher o *Mandarim,* um conto fantasista e fantástico, onde se vê ainda, como nos bons velhos tempos, aparecer o diabo, se bem que vestindo sobrecasaca e onde existam ainda fantasmas, embora com ótimas intenções psicológicas. O Senhor escolhe aí uma obra bem modesta e que se afasta consideravelmente da corrente moderna de nossa literatura, que se tornou, nestes últimos anos, analista e experimental; justamente, por esta obra pertencer ao sonho e não à realidade, sendo inventada e não observada, ela se caracteriza por ser totalmente fiel ao que, me parece, é a tendência mais natural e mais espontânea do espírito português.

Pois, embora hoje toda nossa juventude literária, e mesmo alguns dos antepassados escapados do romantismo, se dediquem pacientemente a estudar a natureza, e se esforcem a colocar nos livros a maior quantidade possivel da realidade viva – permanecemos aqui, neste canto ensolarado do mundo, no fundo muito ideialistas e muito líricos. Gostamos, apaixonadamente, senhor, de envolver tudo em azul; uma bela frase sempre nos agradará mais do que uma noção exata;

---
* Tradução do texto de Eça de Queiroz *A Propos du "Mandarim"*, por Dannie Pauluzzi Mancio.

a fabulosa Melusine, devoradora de corações masculinos, encantará sempre nossas incorrigíveis imaginações, bem mais do que a humaníssima Madame Marneffe; e consideraremos sempre a fantasia e a eloquência como os dois sinais e os únicos verdadeiros, do homem superior. Se, por acaso, Stendhal fosse lido em Portugal, jamais poderia ser apreciado: o que em seu país é exatidão, para nós é esterilidade. Ideias exatas, expressas numa forma sóbria, não nos interessam: o que nos encanta são emoções excessivas traduzidas com um grande fausto plástico de linguagem.

Espíritos assim formados devem sentir necessariamente um distanciamento por tudo o que é realidade, análise, experimento, certeza objetiva. O que os atrai é a fantasia, sob todas as formas, desde a canção até a caricatura; também em arte, somos sobretudo, líricos e satíricos. Ou ficamos com os olhos voltados em direção às estrelas, deixando nossos corações murmurar; ou, se lançamos um olhar para o mundo que nos rodeia, é para rir dele com amargura. Somos homens de emoções e não de raciocínio.

Sabemos cantar, algumas vezes protestar, jamais explicar. Eis por que não existe crítica em Portugal. Também o romance e o drama, até os últimos tempos, eram somente obras de poesia e de eloquência, algumas vezes, ensaios filosóficos, outras vezes, elegias sentimentais. A ação era concebida fora de toda verdade social e humana. As personagens eram anjos escondendo suas asas sob as vestes, ou então, monstros simbólicos, talhados conforme o velho patrão de Satã: nunca homens. Um estilo rico e metafórico cobria tudo isso de flores e de penachos. Os autores dramáticos, os romancistas, ao criar seus episódios, simplesmente se entregavam a essa espécie de embriaguês extática que faz cantar os rouxinóis para nossas belas noites de lua cheia: Imediatamente o público se extasiava. Julgava-se, então, uma peça de teatro de acordo com o esplendor da retórica.

Isto não podia continuar, sobretudo após o triunfo da evolução naturalista na França e pelo fato de as ideias terem se direcionado para a ciência experimental. Pois nós imitamos ou fazemos de conta que imitamos em tudo a França, desde o espírito de nossas leis até a forma de nossos calçados: a tal ponto que para um estrangeiro, nossa civilização, sobretudo em Lisboa, parece ter chegado na véspera de Bordeaux, em caixas, pelos navios da Cia. de navegação "Messageries". Entretanto, mesmo antes do naturalismo, já alguns espíritos jovens entre nós tinham entendido que a literatura de um país não podia permanecer para sempre alheia ao mundo real, que trabalhava e sofria ao redor dela. Isolando-se nas nuvens, ocupada a cinzelar preciosidades de estilo, ela correria o risco de tornar-se dentro de uma sociedade viva, um objeto de bricabraque. Nós nos impusemos desde então, bravamente, o dever de não mais olhar o céu – mas a rua. Só que, é preciso dizê-lo? Fazíamos este nobre serviço, não por uma inclinação natural de inteligência, mas por um sentimento de dever literário – poderia até dizer, por dever público. Para a honra das modernas letras portuguesas, tratávamos de colocar nas obras muita observação, muita humanidade, mas ocorria que, estudando conscientemente seu vizinho, pequeno capitalista ou empregadinho, lamentávamos o tempo em que era permitido, sem ser démodé, cantar os belos cavaleiros com armaduras reluzentes. O tempo dos passeios ideiais através dos bosques da fantasia tinha passado, infelizmente! A arte não era mais uma fácil efusão da alma demasiadamente carregada de sonho, mas uma árdua e severa busca da verdade. Era preciso agora, em grandes volumes de quinhentas páginas, misturar-se à uma humanidade que não tem mais asas, que nos parece ter somente feridas, e fomos obrigados a mexer com uma mão, habituada ao aveludado das nuvens, todo tipo de coisas tristes e baixas, a pequenez dos carácteres, a banalidade das conversações, a miséria dos sentimentos... A linguagem mesmo, esta linguagem poética com imagens, que tínhamos prazer em falar não servia mais para tornar estas coisas humildes e verdadeiras; era preciso se servir de uma linguagem exata, seca, como a do código civil... Pois bem, Senhor, neste meio real, contemporâneo, banal, o artista português acostumado a belas cavalgadas através do ideial, sufocava; e se algumas vezes ele não podia escapar para o azul do céu, ele morria rapidamente de nostalgia da quimera. Eis porque, mesmo após o naturalismo, nós escrevemos ainda contos fantásticos, verdadeiros, daqueles onde existem fantasmas e onde se encontra no canto das páginas o diabo, o amigo diabo, este delicioso terror de nossa infância católica. Então, pelo menos em um pequeno volume, não se sofre mais a incômoda submissão à verdade, à tortura da ánalise, à impertinente tirania da realidade. Estamos em plena licença estética. Podemos colocar no coração de sua porteira todo o idealismo de Ofélia e mandar falar os habitantes de sua aldeia com a majestade de Bossuet. Aperfeiçoa-se seus adjetivos. Faz-se andar suas frases através da página branca como através de uma praça cheia de sol com pompas cadenciadas de procissão avançando entre ramos de flores... Após a última folha escrita, a última prova corrigida, deixa-se a rua, retoma-se a calçada, e se recomeça o estudo severo do homem e de sua eterna miséria.

Contente? Não, Senhor, resignado.

EÇA DE QUEIROZ
Lisboa, 2 de agosto 1884

Prólogo

Primeiro amigo

(Bebendo cognac e soda, debaixo de árvores, num terraço, à beira-d'água.)

Camarada, por estes calores do Estio, que embotam a ponta da sagacidade, repousemos do áspero estudo da Realidade humana... Partamos para os campos do Sonho, vaguear por essas azuladas colinas românticas onde se ergue a torre abandonada do Sobrenatural, e musgos frescos recobrem as ruínas do Idealismo... Façamos fantasia!...

Segundo amigo
Mas sobriamente, camarada, parcamente!... E como nas sábias e amáveis Alegorias da Renascença, misturando-lhe sempre uma Moralidade discreta...

(Comédia inédita)

I

Eu chamo-me Teodoro – e fui amanuense do Ministério do Reino.

Nesse tempo vivia eu à travessa da Conceição nº 106, na casa de hóspedes da d. Augusta, a esplêndida d. Augusta, viúva do major Marques. Tinha dois companheiros: o Cabrita, empregado na Administração do bairro central, esguio e amarelo como uma tocha de enterro; e o possante, o exuberante tenente Couceiro, grande tocador de viola francesa.

A minha existência era bem equilibrada e suave. Toda a semana, de mangas de lustrina à carteira da minha repartição, ia lançando, numa formosa letra cursiva, sobre o papel Tojal do Estado, estas frases fáceis: *Ilmo. e Exmo. Sr. – Tenho a honra de comunicar a V. Ex.ª ... Tenho a honra de passar às mãos de V. Ex.ª, Ilmo. e Exmo. Sr. ...*

Aos domingos repousava: instalava-me então no canapé da sala de jantar, de cachimbo nos dentes, e admirava a d. Augusta, que, em dias de missa, costumava limpar com clara de ovo a caspa do tenente Couceiro. Esta hora, sobretudo no verão, era deliciosa: pelas janelas meio cerradas penetrava o bafo da soalheira, algum repique distante dos sinos da Conceição Nova e o arrulhar das rolas na varanda; a monótona sussurração das moscas balançava-se sobre a velha cambraia, antigo véu nupcial da *Madame* Marques, que cobria agora no aparador os pratos de cerejas bicais; pouco a pouco o tenente, envolvido num lençol como um ídolo no seu manto, ia adormecendo, sob a fricção mole das carinhosas mãos da d. Augusta; e ela, arrebitando o dedo mínimo branquinho e papudo, sulcava-lhe as repas lustrosas com o pentezinho dos bichos... Eu então, enternecido, dizia à deleitosa senhora:

– Ai d. Augusta, que anjo que é!

Ela ria; chamava-me *enguiço*! Eu sorria, sem me escandalizar. *Enguiço* era com efeito o nome que me davam na casa – por eu ser magro, entrar sempre às portas com o pé direito, tremer de ratos, ter à cabeceira da cama uma litografia de Nossa Senhora das Dores que pertencera à mamã, e corcovar. Infelizmente corcovo – do muito que verguei o espinhaço, na Universidade, recuando como uma pega assustada diante dos senhores Lentes; na repartição, dobrando a fronte ao pó perante os meus Diretores-Gerais. Esta atitude de resto convém ao bacharel; ela mantém a disciplina num Estado bem organizado; e a mim garantia-me a tranquilidade dos domingos, o uso de alguma roupa branca, e vinte mil-réis mensais.

Não posso negar, porém, que nesse tempo eu era ambicioso – como o reconheciam sagazmente a *Madame* Marques e o lépido Couceiro. Não que me revolvesse o peito o apetite heroico de dirigir, do alto de um trono, vastos rebanhos humanos; não que a minha louca alma jamais aspirasse a rodar pela Baixa em trem da Companhia, seguida de um correto choutando; – mas pungia-me de desejo de poder jantar no Hotel Central com *champagne*, apertar a mão mimosa de viscondessas, e, pelo menos duas vezes por semana, adormecer, num êxtase mudo, sobre o seio fresco de Vênus. Oh! moços que vos dirigíeis vivamente a S. Carlos, atabafados em *paletots* caros onde alvejava a gravata de *soirée*! Oh! tipoias, apinhadas de andaluzas, batendo galhardamente para os touros – quantas vezes me fizestes suspirar! Porque a certeza de que os meus vinte mil-réis por mês e o meu jeito encolhido de enguiço me excluíam para sempre dessas alegrias sociais vinha-me então ferir o peito – como uma frecha que se crava num tronco, e fica muito tempo vibrando!

Ainda assim, eu não me considerava sombriamente um "pária". A vida humilde tem doçuras: é grato, numa manhã de sol alegre, com o guardanapo ao pescoço, diante do bife de grelha, desdobrar o *Diário de Notícias*; pelas tardes de Verão, nos bancos gratuitos do Passeio, gozar-se suavidades de idílio; é saboroso à noite no Martinho, sorvendo aos goles um café, ouvir os verbosos injuriar a pátria... Depois, nunca fui excessivamente infeliz – porque não tenho imaginação: não me consumia, rondando e almejando em torno de paraísos fictícios, nascidos da minha própria alma desejosa como nuvens da evaporação de um lago; não suspirava, olhando as lúcidas estrelas, por um amor à Romeu, ou por uma glória social à Camors. Sou um positivo. Só aspirava ao racional, ao tangível, ao que já fora alcançado por outros no meu bairro, ao que é acessível ao bacharel. E ia-me resignando, como quem a uma *table d'hôte* mastiga a bucha de pão seco à espera que lhe chegue o prato rico da *Charlotte russe*. As felicidades haviam de vir: e para as apressar eu fazia tudo o que devia como português e como constitucional: – pedia-as todas as noites a Nossa Senhora das Dores, e comprava décimos da loteria.

No entanto procurava distrair-me. E, como as circunvoluções do meu cérebro me não habilitavam a compor odes, à maneira de tantos outros ao meu lado que se desforravam assim do tédio da profissão; como o meu ordenado, paga a casa e o tabaco, não me permitia um vício – tinha tomado o hábito discreto de comprar na feira da Ladra antigos volumes desirmanados, e à noite, no meu quarto, repastava-me dessas leituras curiosas. Eram sempre obras de títulos ponderosos: *Galera da inocência, Espelho milagroso, Tristeza dos mal deserdados...* O tipo venerando, o papel amarelado com picadas de traça, a grave encadernação freirática, a fitinha verde marcando a página – encantavam-me! Depois, aqueles dizeres ingênuos em letra gorda davam uma pacificação a todo o meu ser, sensação comparável à paz penetrante de uma velha cerca de mosteiro, na quebrada de um vale, por um fim suave de tarde, ouvindo o correr da água triste...

Uma noite, há anos, eu começara a ler, num desses in-fólios vetustos, um capítulo intitulado *Brecha das almas*; e ia caindo numa sonolência grata, quando este período singular se me destacou do tom neutro e apagado da página, com o relevo de uma medalha de ouro nova brilhando sobre um tapete escuro. Copio textualmente:

> No fundo da China existe um Mandarim mais rico que todos os reis de que a Fábula ou a História contam. Dele nada conheces, nem o nome, nem o semblante, nem a seda de que se veste. Para que tu herdes os seus cabedais infindáveis, basta que toques essa campainha, posta a teu lado, sobre um livro. Ele soltará apenas um suspiro, nesses confins da Mongólia. Será então um cadáver: e tu verás a teus pés mais ouro do que pode sonhar a ambição de um avaro. Tu, que me lês e és um homem mortal, tocarás tu a campainha?

Estaquei, assombrado, diante da página aberta: aquela interrogação "homem mortal, tocarás tu a campainha?" parecia-me faceta, picaresca, e todavia perturbava-me prodigiosamente. Quis ler mais; mas as linhas fugiam, ondeando como cobras assustadas, e no vazio que deixavam, de uma lividez de pergaminho, lá ficava, rebrilhando em negro, a interpelação estranha – "tocarás tu a campainha?"

Se o volume fosse de uma honesta edição Michel-Levy, de capa amarela, eu, que por fim não me achava perdido numa floresta de balada alemã, e podia da minha sacada ver branquejar à luz do gás o correame da patrulha – teria simplesmente fechado o livro, e estava dissipada a alucinação nervosa. Mas aquele sombrio infólio parecia exalar magia; cada letra afetava a inquietadora configuração desses sinais da velha cabala, que encerram um atributo fatídico; as vírgulas tinham o retorcido petulante de rabos de diabinhos, entrevistos numa alvura de luar; no *ponto de interrogação* final eu via o pavoroso gancho com que o Tentador vai fisgando as almas que adormeceram sem se refugiar na inviolável cidadela da Oração!... Uma influência sobrenatural, apoderando-se de mim, arrebatava-me devagar para fora da realidade, do raciocínio: e no meu espírito foram-se formando duas visões – de um lado um Mandarim decrépito, morrendo sem dor, longe, num quiosque chinês, a um *ti-li-tim* de campainha; do outro toda uma montanha de ouro cintilando aos meus pés! Isto era tão nítido, que eu via os olhos oblíquos do velho personagem embaciarem-se, como cobertos de uma tênue camada de pó; e sentia o fino tinir de libras rolando juntas. E imóvel, arrepiado, cravava os olhos ardentes na campainha, pousada pacatamente diante de mim sobre um dicionário francês – a campainha prevista, citada no mirífico infólio...

Foi então que, do outro lado da mesa, uma voz insinuante e metálica me disse, no silêncio:

– Vamos, Teodoro, meu amigo, estenda a mão, toque a campainha, seja um forte!

O *abat-jour* verde da vela punha uma penumbra em redor. Ergui-o, a tremer. E vi, muito pacificamente sentado, um indivíduo corpulento, todo vestido de preto, de chapéu alto, com as duas mãos calçadas de luvas negras gravemente apoiadas ao cabo de um guarda-chuva. Não tinha nada de fantástico. Parecia tão contemporâneo, tão regular, tão classe média como se viesse da minha repartição...

Toda a sua originalidade estava no rosto, sem barba, de linhas fortes e duras; o nariz brusco, de um aquilino formidável, apresentava a expressão rapace e atacante de um bico de águia; o corte dos lábios, muito firme, fazia-lhe como uma boca de bronze; os olhos, ao fixar-se, assemelhavam dois clarões de tiro, partindo subitamente de entre as sarças tenebrosas das sobrancelhas unidas; era lívido, mas, aqui e além na pele, corriam-lhe raiações sanguíneas como num velho mármore fenício.

Veio-me à ideia de repente que tinha diante de mim o Diabo; mas logo todo o meu raciocínio se insurgiu resolutamente contra esta imaginação. Eu nunca acreditei no Diabo – como nunca acreditei em Deus. Jamais o disse alto, ou o escrevi nas gazetas, para não descontentar os poderes públicos, encarregados de manter o respeito por tais entidades; mas que existam estes dois personagens, velhos como a Substância, rivais bonacheirões, fazendo-se mutuamente pirraças amáveis – um de barbas nevadas e túnica azul, na *toilette* do antigo Jove, habitando os altos luminosos, entre uma corte mais complicada que a de Luís XV; e o outro enfarruscado e manhoso, ornado de cornos, vivendo nas chamas inferiores, numa imitação burguesa do pitoresco Plutão –, não acredito. Não, não acredito! Céu e Inferno são concepções sociais para uso da plebe – e eu pertenço à classe média. Rezo, é verdade, a Nossa Senhora das Dores; porque, assim como pedi o favor do senhor doutor para passar no meu ato; assim como, para obter os meus vinte mil-réis, implorei a benevolência do senhor deputado; igualmente para me subtrair à tísica, à angina, à navalha de ponta, à febre que vem da sarjeta, à casca de laranja escorregadia onde se quebra a perna, a outros males públicos, necessito ter uma proteção extra-humana. Ou pelo rapapé ou pelo incensador o homem prudente deve ir fazendo assim uma série de sábias adulações, desde a Arcada até ao Paraíso. Com um compadre no bairro, e uma comadre mística nas Alturas – o destino do bacharel está seguro.

Por isso, livre de torpes superstições, disse familiarmente ao indivíduo vestido de negro:

– Então, realmente, aconselha-me que toque a campainha?

Ele ergueu um pouco o chapéu, descobrindo a fronte estreita, enfeitada de uma gaforinha crespa e negrejante como a do fabuloso Alcides, e respondeu, palavra a palavra:

– Aqui está o seu caso, estimável Teodoro. Vinte mil-réis mensais são uma vergonha social! Por outro lado, há sobre este globo coisas prodigiosas: há vinhos de Borgonha, como por exemplo o *Romanée-Conti* de 58 e o *Chambertin* de 61, que custam, cada garrafa, de dez a onze mil-réis; e quem bebe o primeiro cálice não hesitará, para beber o segundo, em assassinar seu pai... Fabricam-se em Paris e em Londres carruagens de tão suaves molas, de tão mimosos estofos, que é preferível percorrer nelas o Campo Grande, a viajar, como os antigos deuses, pelos céus, sobre os fofos coxins das nuvens... Não farei à sua instrução a ofensa de o informar que se mobilam hoje casas, de um estilo e de um conforto, que são elas que realizam superiormente esse regalo fictício, chamado outrora a "Bem-aventurança". Não lhe falarei, Teodoro, de outros gozos terrestres: como, por exemplo, o Teatro do *Palais Royal*, o baile *Laborde*, o *Café Anglais*... Só chamarei a sua atenção para este fato: existem seres que se chamam Mulheres – diferentes daqueles que conhece, e que se denominam Fêmeas. Estes seres, Teodoro, no meu tempo, a páginas três da Bíblia, apenas usavam exteriormente uma *folha de vinha.* Hoje, Teodoro, é toda uma sinfonia, todo um engenhoso e delicado poema de rendas, *baptistes*, cetins, flores, joias, caxemiras, gazes e veludos... Compreende a satisfação inenarrável que haverá, para os cinco dedos de um cristão, em percorrer, palpar estas maravilhas macias; mas também percebe que não é com o troco de uma placa honesta de cinco tostões que se pagam as contas destes querubins... Mas elas possuem melhor, Teodoro: são os cabelos cor do ouro ou cor da treva, tendo assim nas suas tranças a aparência emblemática das duas grandes tentações humanas – a fome do metal precioso e o conhecimento do absoluto transcendente. E ainda têm mais: são os braços cor de mármore, de uma frescura de lírio orvalhado; são os seios, sobre os quais o grande Praxíteles modelou a sua Taça, que é a linha mais pura e mais ideial da Antiguidade... Os seios, outrora (na ideia desse ingênuo Ancião que os formou, que fabricou o mundo, e de quem uma inimizade secular me veda de pronunciar o nome), eram destinados à nutrição augusta da humanidade; sossegue, porém, Teodoro; hoje nenhuma mamã racional os expõe a essa função deterioradora e severa; servem só para resplandecer, aninhados em rendas, ao gás das *soirées* – e para outros usos secretos. As conveniências impedem-me de prosseguir nesta exposição radiosa das belezas que constituem o *Fatal Feminino*... De resto as suas pupilas já rebrilham.... Ora, todas estas coisas, Teodoro, estão para além, infinitamente para além dos seus vinte mil-réis por mês... Confesse, ao menos, que estas palavras têm o venerável selo da verdade!...

Eu murmurei, com as faces abrasadas:

– Têm.

E a sua voz prosseguiu, paciente e suave:

– Que me diz a cento e cinco, ou cento e seis mil contos? Bem sei, é uma bagatela... Mas, enfim, constituem um começo; são uma ligeira habilitação para conquistar a felicidade. Agora pondere estes fatos: o Mandarim, esse Mandarim do fundo da China, está decrépito e está gotoso; como homem, como funcionário do celeste império, é mais inútil em Pequim e na humanidade que um seixo na boca de um cão esfomeado. Mas a transformação da substância existe; garanto-lha eu, que sei o segredo das coisas... Porque a terra é assim: recolhe aqui um homem apodrecido, restitui-o além ao conjunto das formas como vegetal viçoso. Bem pode ser que ele, inútil como Mandarim no Império do Meio, vá ser útil noutra terra como rosa perfumada ou saboroso repolho. Matar, meu filho, é quase sempre equilibrar as necessidades universais. É eliminar aqui a excrescência para ir além suprir a falta. Penetre-se destas sólidas filosofias. Uma pobre costureira de Londres anseia por ver florir, na sua trapeira, um vaso cheio de terra negra; uma flor consolaria aquela deserdada; mas na disposição dos seres, infelizmente, nesse momento, a substância que lá devia ser rosa é aqui na Baixa homem de Estado... Vem então o fadista de navalha aberta, e fende o estadista; o enxurro leva-lhe os intestinos; enterram-no, com tipoias atrás; a matéria começa a desorganizar-se, mistura-se à vasta evolução dos átomos, e o supérfluo homem de governo vai alegrar, sob a forma de amor-perfeito, a água-furtada da loura costureira. O assassino é um filantropo! Deixe-me resumir, Teodoro; a morte desse velho Mandarim idiota traz-lhe à algibeira alguns milhares de contos. Pode desde esse momento dar pontapés nos poderes públicos: medite na intensidade deste gozo! É desde logo citado nos jornais: reveja-se nesse máximo da glória humana! E agora note: é só agarrar a campainha, e fazer *ti-li-tim*. Eu não sou um bárbaro: compreendo a repugnância de um *gentleman* em assassinar um contemporâneo: o espirrar do sangue suja vergonhosamente os punhos, e é repulsivo o agonizar de um corpo humano. Mas aqui, nenhum desses espetáculos torpes... É como quem chama um criado... E são cento e cinco ou cento e seis mil contos; não me lembro, mas tenho-o nos meus apontamentos... O Teodoro não duvida de mim. Sou um cavalheiro: – provei-o, quando, fazendo a guerra a um tirano na primeira insurreição da justiça, me vi precipitado de alturas que nem Vossa Senhoria concebe... Um trambolhão considerável, meu caro senhor! Grandes desgostos! O que me consola é que o OUTRO está também muito abalado: porque, meu amigo, quando um Jeová tem apenas contra si um Satanás, tira-se bem de dificuldades mandando carregar mais uma legião de arcanjos; mas quando o inimigo é um homem, armado de uma pena de pato e de um caderno de papel branco – está perdido... Enfim são cento e seis mil contos. Vamos, Teodoro, aí tem a campainha, seja um homem.

Eu sei o que deve a si mesmo um cristão. Se este personagem me tivesse levado ao cume de uma montanha na Palestina, por uma noite de lua cheia, e aí, mostrando-me cidades, raças e impérios adormecidos, sombriamente me dissesse: – "Mata o Mandarim, e tudo o que vês em vale e colina será teu" – eu saberia replicar-lhe, seguindo um exemplo ilustre, e erguendo o dedo às profundidades consteladas: – "O meu reino não é deste mundo!" Eu conheço os meus autores. Mas eram cento e tantos mil contos, oferecidos à luz de uma vela de estearina, na travessa da Conceição, por um sujeito de chapéu alto, apoiado a um guarda-chuva...

Então não hesitei. E, de mão firme, repeniquei a campainha. Foi talvez uma ilusão; mas pareceu-me que um sino, de boca tão vasta como o mesmo céu, badalava na escuridão, através do Universo, num tom temeroso que decerto foi acordar sóis que faziam *né-né* e planetas pançudos ressonando sobre os seus eixos...

O indivíduo levou um dedo à pálpebra, e limpando a lágrima que enevoara um instante o seu olho rutilante:

– Pobre Ti-Chin-Fú!...

– Morreu?

– Estava no seu jardim, sossegado, armando, para o lançar ao ar, um papagaio de papel, no passatempo honesto de um Mandarim retirado – quando o surpreendeu este *ti-li-tim* da campainha. Agora jaz à beira de um arroio cantante, todo vestido de seda amarela, morto, de pança ao ar, sobre a relva verde; e nos braços frios tem o seu papagaio de papel, que parece tão morto como ele. Amanhã são os funerais. Que a sabedoria de Confúcio, penetrando-o, ajude a bem emigrar a sua alma!

E o sujeito, erguendo-se, tirou respeitosamente o chapéu, saiu, com o seu guarda-chuva debaixo do braço.

Então, ao sentir bater a porta, afigurou-se-me que emergia de um pesadelo. Saltei ao corredor. Uma voz jovial falava com a *Madame* Marques; e a cancela da escada cerrou-se sutilmente.

– Quem é que saiu agora, ó d. Augusta? – perguntei, num suor.

– Foi o Cabritinha que vai um bocadinho à batota...

Voltei ao quarto: tudo lá repousava tranquilo, idêntico, real. O infólio ainda estava aberto na página temerosa. Reli-a: agora parecia-me apenas a prosa antiquada de um moralista caturra: cada palavra se tornara como um carvão apagado...

Deitei-me: e sonhei que estava longe, para além de Pequim, nas fronteiras da Tartária, no quiosque de um convento de Lamas, ouvindo máximas prudentes e suaves que escorriam, com um aroma fino de chá, dos lábios de um Buda vivo.

II

Decorreu um mês.

Eu, no entanto, rotineiro e triste, lá ia pondo o meu cursivo ao serviço dos poderes públicos, e admirando aos domingos a perícia tocante com que a d. Augusta lavava a caspa do Couceiro. Era agora evidente para mim que, nessa noite, eu adormecera sobre o infólio, e sonhara com uma "Tentação da Montanha" sob formas familiares. Instintivamente, porém, comecei a preocupar-me com a China. Ia ler os telegramas à Havanesa; e o que o meu interesse lá buscava eram sempre as notícias do Império do Meio; parece porém que, a esse tempo, nada se passava na região das raças amarelas... A Agência Havas só tagarelava sobre a Herzegovina, a Bósnia, a Bulgária e outras curiosidades bárbaras...

Pouco a pouco fui esquecendo o meu episódio fantasmagórico; e ao mesmo tempo, como gradualmente o meu espírito resserenava, voltaram de novo a mover-se as antigas ambições que lá habitavam – um ordenado de Diretor-Geral, um seio amoroso de Lola, bifes mais tenros que os da d. Augusta. Mas tais regalos pareciam-me tão inacessíveis, tão nascidos dos sonhos – como os próprios milhões do Mandarim. E pelo monótono deserto da vida, lá foi seguindo, lá foi marchando a lenta caravana das minhas melancolias...

Um domingo de agosto, de manhã, estirado na cama em mangas de camisa, eu dormitava, com o cigarro apagado no lábio – quando a porta rangeu devagarinho e, entreabrindo a pálpebra dormente, vi curvar-se ao meu lado uma calva respeitosa. E logo uma voz perturbada murmurou:

– O sr. Teodoro?... O sr. Teodoro do Ministério do Reino?...

Ergui-me lentamente sobre o cotovelo e respondi, num bocejo:

– Sou eu, cavalheiro.

O indivíduo recurvou o espinhaço; assim como na presença augusta de el-rei Bobeche se arqueia o cortesão... Era pequenino e obeso: a ponta das suíças brancas roçava-lhe as lapelas do fraque de alpaca; veneráveis óculos de ouro reluziam na sua face bochechuda, que parecia uma próspera personificação da Ordem; e todo ele tremia desde a calva lustrosa até aos botins de bezerro. Pigarreou, cuspilhou, balbuciou:

– São notícias para Vossa Senhoria! Consideráveis notícias! O meu nome é Silvestre... Silvestre, Juliano & Cia. ... Um serviçal criado de Vossa Excelência... Chegaram justamente pelo paquete de Southampton... Nós somos correspondentes de Brito, Alves & Cia., de Macau... Correspondentes de Craig and Co., de Hong Kong... As letras vêm de Hong Kong...

O sujeito engasgava-se; e a sua mão gordinha agitava em tremuras um *enveloppe* repleto, com um selo de lacre negro.

– Vossa Excelência – prosseguiu – estava decerto prevenido... Nós é que o não estávamos... A atrapalhação é natural... O que esperamos é que Vossa Excelência nos conserve a sua benevolência... Nós sempre respeitamos muito o caráter de Vossa Excelência... Vossa Excelência é nesta terra uma flor de virtude, e espelho de bons! Aqui estão os primeiros saques sobre Bhering and Brothers de Londres... Letras a trinta dias sobre Rothschild...

A este nome, ressoante como o mesmo ouro, saltei vorazmente do leito:

– O que é isso, senhor? – gritei.

E ele, gritando mais, brandindo o *enveloppe*, todo alçado no bico dos botins:

– São cento e seis mil contos, senhor! Cento e seis mil contos sobre Londres, Paris, Hamburgo e Amsterdam, sacados a seu favor, excelentíssimo senhor!... A seu favor, excelentíssimo senhor! Pelas casas de Hong Kong, de Xangai e de Cantão, da herança depositada do Mandarim Ti-Chin-Fú!

Senti tremer o globo sob os meus pés – e cerrei um momento os olhos. Mas compreendi, num relance, que eu era, desde essa hora, como uma encarnação do Sobrenatural, recebendo dele a minha força e possuindo os seus atributos. Não podia comportar-me como um homem, nem desconsiderar-me em expansões humanas. Até, para não quebrar a linha hierática – abstive-me de ir soluçar, como mo pedia a alma, sobre o vasto seio da *Madame* Marques...

De ora em diante cabia-me a impassibilidade de um Deus – ou de um Demônio; dei, com naturalidade, um puxão às calças, e disse a Silvestre, Juliano & Cia. estas palavras:

– Está bem! O Mandarim... esse Mandarim que disse, portou-se com cavalheirismo. Eu sei do que se trata: é uma questão de família. Deixe aí os papéis... Bons dias.

Silvestre, Juliano & Cia. retirou-se, às arrecuas, de dorso vergado e fronte voltada ao chão.

Eu então fui abrir, toda larga, a janela; e, dobrando para

trás a cabeça, respirei o ar cálido, consoladamente, como uma corça cansada...

Depois olhei para baixo, para a rua, onde toda uma burguesia se escoava, numa pacata saída de missa, entre duas filas de trens. Fixei, aqui e além, inconscientemente, algumas cuias de senhoras, alguns metais brilhantes de arreios. E de repente veio-me esta ideia, esta triunfante certeza – que todas aquelas tipoias as podia eu tomar à hora ou ao ano! Que nenhuma das mulheres que via deixaria de me oferecer o seu seio nu a um aceno do meu desejo! Que todos esses homens, de sobrecasaca de domingo, se prostrariam diante de mim como diante de um Cristo, de um Maomé ou de um Buda, se eu lhes sacudisse junto à face cento e seis mil contos sobre as praças da Europa!...

Apoiei-me à varanda: e ri, com tédio, vendo a agitação efêmera daquela humanidade subalterna – que se considerava livre e forte, enquanto por cima, numa sacada de quarto andar, eu tinha na mão, num *enveloppe* lacrado de negro, o princípio mesmo da sua fraqueza e da sua escravidão! Então, satisfações do Luxo, regalos do Amor, orgulhos do Poder, tudo gozei, pela imaginação, num instante, e de um só sorvo. Mas logo uma grande saciedade me foi invadindo a alma; e, sentindo o mundo aos meus pés – bocejei como um leão farto.

De que me serviam por fim tantos milhões senão para me trazerem, dia a dia, a afirmação desoladora da vileza humana?... E assim, ao choque de tanto ouro, ia desaparecer a meus olhos, como um fumo, a beleza moral do Universo! Tomou-me uma tristeza mística. Abati-me sobre uma cadeira; e, com a face entre as mãos, chorei abundantemente.

Daí a pouco *Madame* Marques abria a porta, toda vistosa nas suas sedas pretas.

– Está-se à sua espera para jantar, enguiço!

Emergi da minha amargura para lhe responder secamente:

– Não janto!
– Mas fica!

Nesse momento estalavam foguetes ao longe. Lembrei-me que era domingo, dia de touros; de repente uma visão rebrilhou, flamejou, atraindo-me deliciosamente: – era a tourada vista de um camarote; depois um jantar com *champagne*; à noite a orgia, como uma iniciação! Corri à mesa. Atulhei as algibeiras de letras sobre Londres. Desci à rua com furor de abutre fendendo o ar contra a presa. Uma caleche passava, vazia. Detive-a, berrei:

– Aos touros!
– São dez tostões, meu amo!

Encarei com repulsão aquele reles pedaço de matéria organizada que falava em placas de prata a um colosso de ouro! Enterrei a mão na algibeira ajoujada de milhões e tirei o meu metal: tinha setecentos e vinte!

O cocheiro bateu a anca de égua e seguiu, resmungando. Eu balbuciei:

– Mas tenho letras!... Aqui estão! Sobre Londres! Sobre Hamburgo!...
– Não pega.

Setecentos e vinte!... E touros, jantar de *lord*, andaluzas nuas, todo esse sonho expirou como uma bola de sabão que bate à ponta de um prego.

Odiei a Humanidade, abominei o Numerário. Outra tipoia, lançada a trote, apinhada de gente festiva, quase me atropelou naquela abstração em que eu ficara com os meus setecentos e vinte na palma da mão suada.

Cabisbaixo, enchumaçado de milhões sobre Rothschild, voltei ao meu quarto andar; humilhei-me à *Madame* Marques, aceitei-lhe o bife córneo; e passei essa primeira noite de riqueza bocejando sobre o leito solitário – enquanto fora o alegre Couceiro, o mesquinho tenente de quinze milréis de soldo, ria com a d. Augusta, repenicando à viola o *Fado da cotovia*.

Foi só na manhã seguinte, ao fazer a barba, que refleti sobre a origem dos meus milhões. Ela era evidentemente sobrenatural e suspeita.

Mas como o meu Racionalismo me impedia de atribuir estes tesouros imprevistos à generosidade caprichosa de Deus ou do Diabo, ficções puramente escolásticas; como os fragmentos de Positivismo, que constituem o fundo da minha Filosofia, não me permitiam a indagação das *causas primárias, das origens essenciais* – bem depressa me decidi a aceitar secamente este Fenômeno e a utilizá-lo com largueza. Portanto corri de quinzena ao vento para o *London and Brazilian Bank*...

Aí, arremessei para cima do balcão um papel sobre o *Banco de Inglaterra* de mil libras, e soltei esta deliciosa palavra:

– Ouro!

Um caixeiro sugeriu-me com doçura:

– Talvez lhe fosse mais cômodo em notas...

Repeti secamente:

– Ouro!

Atulhei as algibeiras, devagar, aos punhados; e na rua, ajoujado, icei-me para uma caleche. Sentia-me gordo, sentia-me obeso; tinha na boca um sabor de ouro, uma secura de pó de ouro na pele das mãos; as paredes das casas pareciam-me faiscar como longas lâminas de ouro; e dentro do cérebro ia-me um rumor surdo onde retilintavam metais – como o movimento de um oceano que nas vagas rolasse barras de ouro.

Abandonando-me à oscilação das molas, rebolante como um odre mal firme, deixava cair sobre a rua, sobre a gente, o olhar turvo e tedioso do ser repleto. Enfim, atirando o chapéu para a nuca, estirando a perna, empinando o ventre, arrotei formidavelmente de flatulência ricaça...

Muito tempo rolei assim pela cidade, bestializado num gozo de Nababo.

Subitamente um brusco apetite de gastar, de dissipar ouro, veio-me enfunar o peito como uma rajada que incha uma vela.

– Para, animal! – berrei, ao cocheiro.

A parelha estacou. Procurei em redor com a pálpebra meio cerrada alguma coisa cara a comprar – joia de rainha ou consciência de estadista; nada vi; precipitei-me então para um estanco:

– Charutos! De tostão! De cruzado! Mais caros! De dez tostões!

– Quantos?... – perguntou servilmente o homem.

– Todos! – respondi com brutalidade.

À porta, uma pobre toda de luto, com o filho encolhido ao seio, estendeu-me a mão transparente. Incomodava-me procurar os trocos de cobre por entre os meus punhados de ouro. Repeli-a, impaciente; e, de chapéu sobre o olho, encarei friamente a turba.

Foi então que avistei, adiantando-se, o vulto ponderoso do meu Diretor-Geral; imediatamente achei-me com o dorso curvado em arco e o chapéu cumprimentador roçando as lajes. Era o hábito da dependência; os meus milhões não me tinham dado ainda a verticalidade à espinha...

Em casa despejei o ouro sobre o leito, e rolei-me por cima dele, muito tempo, grunhindo num gozo surdo. A torre, ao lado, bateu três horas; e o sol apressado já descia, levando consigo o meu primeiro dia de opulência... Então, couraçado de libras, corri a saciar-me!

Ah, que dia! Jantei num gabinete do Hotel Central, solitário e egoísta, com a mesa alastrada de Bordéus, Borgonha, *Champagne*, Reno, licores de todas as comunidades religiosas – como para matar uma sede de trinta anos! Mas só me fartei de Colares. Depois, cambaleando, arrastei-me para o Lupanar! Que noite! A alvorada clareou por trás das persianas; e achei-me estatelado no tapete, exausto e seminu, sentindo o corpo e a alma como esvaírem-se, dissolverem-se naquele ambiente abafado onde errava um cheiro de pó de arroz, de fêmea e de *punch*...

Quando voltei à travessa da Conceição, as janelas do meu quarto estavam fechadas, e a vela expirava, com fogachos lívidos, no castiçal de latão. Então, ao chegar junto à cama, vi isto: estirada de través, sobre a coberta, jazia uma figura bojuda de Mandarim fulminado, vestida de seda amarela, com um grande rabicho solto; e entre os braços, como morto, também, tinha um papagaio de papel!

Abri desesperadamente a janela; tudo desapareceu – o que estava agora sobre o leito era um velho *paletot* alvadio.

III

ENTÃO começou a minha vida de milionário. Deixei bem depressa a casa de *Madame* Marques – que, desde que me sabia rico, me tratava todos os dias a arroz-doce, e ela mesma me servia, com o seu vestido de seda dos domingos. Comprei, habitei o palacete amarelo, ao Loreto; as magnificências da minha instalação são bem conhecidas pelas gravuras indiscretas da *Ilustração francesa*. Tornou-se famoso na Europa o meu leito, de um gosto exuberante e bárbaro, com a barra recoberta de lâminas de ouro lavrado, e cortinados de um raro brocado negro onde ondeiam, bordados a pérolas, versos eróticos de Catulo; uma lâmpada, suspensa no interior, derrama ali a claridade láctea e amorosa de um luar de verão.

Os meus primeiros meses ricos, não o oculto, passei-os a amar – a amar com o sincero bater de coração de um pajem inexperiente. Tinha-a visto, como numa página de novela, regando os seus craveiros à varanda: chamava-se Cândida; era pequenina, era loura; morava a Buenos Aires, numa casinha casta recoberta de trepadeiras; e lembrava-me, pela graça e pelo airoso da cinta, tudo o que a Arte tem criado de mais fino e frágil – Mimi, Virgínia, a Joaninha do Vale de Santarém.

Todas as noites eu caía, em êxtases de místico, ao seus pés cor de jaspe. Todas as manhãs lhe alastrava o regaço de notas de vinte mil-réis: ela repelia-as primeiro com um rubor – depois, ao guardá-las na gaveta, chamava-me o seu *anjo Totó*.

Um dia que eu me introduzira, a passos sutis, por sobre o espesso tapete sírio, até ao seu *boudoir* – ela estava escrevendo, muito enlevada, de dedinho no ar; ao ver-me, toda trêmula, toda pálida, escondeu o papel que tinha o seu monograma. Eu arranquei-lho, num ciume insensato. Era a carta, a carta costumada, a carta necessária, a carta que desde a velha antiguidade a mulher sempre escreve; começava por *meu idolatrado* – e era para um alferes da vizinhança...

Desarraiguei logo esse sentimento do meu peito como uma planta venenosa. Descri para sempre dos Anjos louros, que conservam no olhar azul o reflexo dos céus atravessados; de cima do meu ouro deixei cair sobre a Inocência, o Pudor, e outras ideializações funestas, a ácida gargalhada de Mefistófeles; e organizei friamente uma existência animal, grandiosa e cínica.

Ao bater do meio-dia entrava na minha tina de mármore cor-de-rosa, onde os perfumes derramados davam à água um tom opaco de leite; depois pajens tenros, de mão macia, friccionavam-me com o cerimonial de quem celebra um culto; e, embrulhado num *robe de chambre* de seda da Índia, através da galeria, dando aqui e além um olhar aos meus Fortunys e aos meus Corots, entre alas silenciosas de lacaios, dirigia-me ao bife à inglesa, servido em Sèvres azul e ouro.

O resto da manhã, se havia calor, passava-o sobre coxins de cetim cor de pérola, num *boudoir* em que a mobília era de porcelana fina de Dresde e as flores faziam um jardim de Armida; aí, saboreava o *Diário de Notícias*, enquanto lindas raparigas vestidas à japonesa refrescavam o ar, agitando leques de plumas.

De tarde ia dar uma volta a pé, até ao Pote das Almas: era a hora mais pesada do dia; encostado à bengala, arrastando as pernas moles, abria bocejos de fera saciada – e a turba abjeta parava a contemplar, em êxtases, o Nababo enfastiado!

Às vezes vinha-me como uma saudade dos meus tempos ocupados da Repartição. Entrava em casa; e encerrado na livraria, onde o Pensamento da Humanidade repousava esquecido e encadernado em marroquim, aparava uma pena de pato, e ficava horas lançando sobre folhas do meu querido Tojal de outrora: *"Ilmo. e Exmo. Sr. – Tenho a honra de participar a V. Ex.ª ... Tenho a honra de passar às mãos de V. Ex.ª!..."*

Ao começo da noite um criado, para anunciar o jantar, fazia soar pelos corredores na sua tuba de prata, à moda gótica, uma harmonia solene. Eu erguia-me e ia comer, majestoso e solitário. Uma populaça de lacaios, de librés de seda negra, servia, num silêncio de sombras que resvalam, as vitualhas raras, vinhos do preço de joias; toda a mesa era um esplendor de flores, luzes, cristais, cintilações de ouro; e, enrolando-se pelas pirâmides de frutos, misturando-se ao vapor dos pratos, errava, como uma névoa sutil, um tédio inenarrável...

Depois, apoplético, atirava-me para o fundo do *coupé* – e lá ia às Janelas Verdes, onde nutria, num jardim de serralho, entre requintes muçulmanos, um viveiro de fêmeas; revestiam-me de uma túnica de seda fresca e perfumada – e eu abandonava-me a delírios abomináveis... Traziam-me semimorto para casa, ao primeiro alvor da manhã: fazia maquinalmente o meu sinal da cruz, e daí a pouco roncava de ventre ao ar, lívido e com um suor frio, como um Tibério exausto.

Entretanto Lisboa rojava-se aos meus pés. O pátio do palacete estava constantemente invadido por uma turba; olhando-a enfastiado das janelas da galeria, eu via lá branquejar os peitilhos da Aristocracia, negrejar a sotaina do Clero e luzir o suor da Plebe; todos vinham suplicar, de lábio abjeto, a honra do meu sorriso e uma participação no meu ouro. Às vezes consentia em receber algum velho de título histórico: – ele adiantava-se pela sala, quase roçando o tapete com os cabelos brancos, tartamudeando adulações; e imediatamente, espalmando sobre o peito a mão de fortes veias onde corria um sangue de três séculos, oferecia-me uma filha bem-amada para esposa ou para concubina.

Todos os cidadãos me traziam presentes como a um Ídolo sobre o altar – uns Odes votivas, outros o meu monograma bordado a cabelo, alguns chinelas ou boquilhas, cada um a sua consciência. Se o meu olhar amortecido fixava, por acaso, na rua, uma mulher – era logo ao outro dia uma carta em que a criatura, esposa ou prostituta, me ofertava a sua nudez, o seu amor, e todas as complacências da lascívia.

Os jornalistas esporeavam a imaginação para achar adjetivos dignos da minha grandeza; fui o *sublime sr. Teodoro*, cheguei a ser o *celeste sr. Teodoro*; então, desvairada, a *Gazeta das Locais* chamou-me o *extraceleste sr. Teodoro!* Diante de mim nenhuma cabeça ficou jamais coberta – ou usasse a coroa ou o coco. Todos os dias me era oferecida uma Presidência de Ministério ou uma Direção de Confraria. Recusei sempre, com nojo.

Pouco a pouco o rumor das minhas riquezas foi passando os confins da Monarquia. O *Fígaro*, cortesão, em cada número falou de mim, preferindo-me a Henrique V; o grotesco imortal que assina *Saint-Genest* dirigiu-me apóstrofes convulsivas, pedindo-me para salvar a França; e foi então que as *Ilustrações* estrangeiras publicaram, a cores, as cenas do meu viver. Recebi de todas as princesas da Europa envelopes, com selos heráldicos, expondo-me, por fotografias, por documentos, a forma dos seus corpos e a antiguidade das suas genealogias. Duas pilhérias que soltei durante esse ano foram telegrafadas ao Universo pelos fios da Agência Havas; e fui considerado mais espirituoso que Voltaire, que Rochefort, e que esse fino entendimento que se chama *Todo o Mundo*. Quando o meu intestino se aliviava com estampido – a Humanidade sabia-o pelas gazetas. Fiz empréstimos aos Reis, subsidiei guerras civis – e fui caloteado por todas as Repúblicas latinas que orlam o golfo do México.

E eu, no entanto, vivia triste...

Todas as vezes que entrava em casa estacava, arrepiado, diante da mesma visão: ou estirada no limiar da porta, ou atravessada sobre o leito de ouro – lá jazia a figura bojuda, de rabicho negro e túnica amarela, com o seu papagaio nos braços... Era o Mandarim Ti-Chin-Fú! Eu precipitava-me, de punho erguido; e tudo se dissipava.

Então caía aniquilado, todo em suor, sobre uma poltrona, e murmurava no silêncio do quarto, onde as velas dos candelabros davam tons ensanguentados aos damascos vermelhos:

– *Preciso matar este morto!*

E, todavia, não era esta impertinência de um velho fantasma pançudo, acomodando-se nos meus móveis, sobre as minhas colchas, que me fazia saber mal a vida.

O horror supremo consistia na ideia, que se me cravara então no espírito como um ferro inarrancável – *que eu tinha assassinado um velho!*

Não fora com uma corda em torno da garganta, à moda muçulmana; nem com veneno num cálice de vinho de Siracusa, à maneira italiana da Renascença; nem com algum dos métodos clássicos, que na história das Monarquias têm recebido consagração augusta – a punhal como d. João II, à clavina como Carlos IX...

Tinha eliminado a criatura, de longe, com uma campainha. Era absurdo, fantástico, faceto. Mas não diminuía a trágica negrura do fato: *eu assassinara um velho!*

Pouco a pouco esta certeza ergueu-se, petrificou-se na minha alma, e como uma coluna num descampado dominou toda a minha vida interior: de sorte que, por mais desviado caminho que tomassem os meus pensamentos, viam sempre negrejar no horizonte aquela Memória acusadora; por mais alto que se levantasse o voo das minhas imaginações, elas terminavam por ir fatalmente ferir as asas nesse Monumento de miséria moral.

Ah! Por mais que se considere Vida e Morte como banais transformações da Substância, é pavoroso o pensamento – que se fez regelar um sangue quente, que se imobilizou um músculo vivo! Quando, depois de jantar, sentindo ao lado o aroma do café, eu me estirava no sofá, enlanguescido, numa sensação de plenitude, elevava-se logo dentro de mim, melancólico como o coro que vem de um ergástulo, todo um sussurro de acusações:

– E todavia tu fizeste que esse bem-estar em que te regalas nunca mais fosse gozado pelo venerável Ti-Chin-Fú!...

Debalde eu replicava à Consciência, lembrando-lhe a decrepitude do Mandarim, a sua gota incurável... Facunda em argumentos, gulosa de controvérsia, ela retorquia logo com furor:

– Mas, ainda na sua atividade mais resumida, a vida é um bem supremo; porque o encanto dela reside no seu princípio mesmo, e não na abundância das suas manifestações!

Eu revoltava-me contra este pedantismo retórico de pedagogo rígido; erguia alto a fronte, gritava-lhe numa arrogância desesperada:

– Pois bem! Matei-o! Melhor! Que queres tu? O teu grande nome de Consciência não me assusta! És apenas uma perversão da sensibilidade nervosa. Posso eliminar-te com *flor de laranja*!

E imediatamente sentia passar-me na alma, com uma lentidão de brisa, um rumor humilde de murmurações irônicas:

– Bem, então come, dorme, banha-te e ama...

Eu assim fazia. Mas logo os próprios lençóis de bretanha do meu leito tomavam aos meus olhos apavorados os tons lívidos de uma mortalha; a água perfumada em que me mergulhava arrefecia-me sobre a pele, com a sensação espessa de um sangue que coalha; e os peitos nus das minhas amantes entristeciam-me, como lápides de mármore que encerram um corpo morto.

Depois assaltou-me uma amargura maior: comecei a pensar que Ti-Chin-Fú tinha decerto uma vasta família, netos, bisnetos tenros, que, despojados da herança que eu comia à farta em pratos de Sèvres, numa pompa de Sultão perdulário, iam atravessando na China todos os infernos tradicionais da miséria humana – os dias sem arroz, o corpo sem agasalho, a esmola recusada, a rua lamacenta por morada...

Compreendi então por que me perseguia a figura obesa do velho letrado; e, dos seus lábios recobertos pelos longos pelos brancos do seu bigode de sombra, parecia-me sair agora esta acusação desolada: "Eu não me lamento a mim, forma meio morta que era; choro os tristes que arruinaste, e que a estas horas, quando tu vens do seio fresco das tuas amorosas, gemem de fome, regelam na frialdade, apinhados num grupo expirante, entre leprosos e ladrões, na *Ponte dos Mendigos*, ao pé dos terraços do Templo do Céu!"

Oh tortura engenhosa! Tortura realmente chinesa! Não podia levar à boca um pedaço de pão sem imaginar imediatamente o bando faminto de criancinhas, a descendência de Ti-Chin-Fú, penando, como passarinhos implumes que abrem debalde o bico e piam em ninho abandonado; se me abafava no meu *paletot* era logo a visão de desgraçadas senhoras, mimosas outrora de tépido conforto chinês, hoje roxas de frio, sob andrajos de velhas sedas, por uma manhã de neve; o teto de ébano do meu palacete lembrava-me a família do Mandarim, dormindo à beira dos canais, farejada pelos cães; e o meu *coupé* bem forrado fazia-me arrepiar à ideia das longas caminhadas errantes, por estradas encharcadas, sob um duro Inverno asiático...

O que eu sofria! – E era o tempo em que a populaça invejosa vinha pasmar para o meu palacete, comentando as felicidades inacessíveis que lá deviam habitar!

Enfim, reconhecendo que a Consciência era dentro em mim como uma serpente irritada – decidi implorar o auxílio d'Aquele que dizem ser superior à Consciência porque dispõe da Graça.

Infelizmente eu não acreditava n'Ele... Recorri pois à minha antiga divindade particular, ao meu dileto ídolo, padroeira da minha família, Nossa Senhora das Dores. E, regiamente pago, um povo de curas e cônegos, pelas catedrais de cidades e pelas capelas de aldeia, foi pedindo a Nossa Senhora das Dores que voltasse os seus olhos piedosos para o meu mal interior... Mas nenhum alívio desceu desses céus inclementes, para onde há milhares de anos debalde sobe o clamor da miséria humana.

Então eu próprio me abismei em práticas piedosas – e Lisboa assistiu a este espetáculo extraordinário: um ricaço, um Nababo, prostrando-se humildemente ao pé dos altares, balbuciando de mãos postas frases da *Salve-Rainha*, como se visse na Oração e no Reino do Céu, que ela conquista, outra coisa mais que uma consolação fictícia, que os que possuem tudo inventaram para contentar os que não possuem nada... Eu pertenço à Burguesia; e sei que se ela mostra à Plebe desprovida um paraíso distante, gozos inefáveis a alcançar – é para lhe afastar a atenção dos seus cofres repletos e da abundância das suas searas.

Depois, mais inquieto, fiz dizer milhares de missas, simples e cantadas, para satisfazer à alma errante de Ti-Chin-Fú. Pueril desvario de um cérebro peninsular! O velho Mandarim, na sua classe de letrado, de membro da Academia dos Han-Lin, colaborador provável do grande tratado Khou-Tsuane-Chou, que já tem setenta e oito mil e setecentos e trinta volumes, era certamente um sectário da Doutrina, da Moral positiva de Confúcio... Nunca ele, sequer, queimara mechas perfumadas em Honra de Buda; e os cerimoniais do Sacrifício místico deviam parecer à sua abominável alma de gramático e de céptico como as pantomimas dos palhaços no teatro de Hong-Tung!

Então prelados astutos, com experiência católica, deram-me um conselho sutil – captar a benevolência de Nossa Senhora das Dores com presentes, flores, brocados e joias, como se quisesse alcançar os favores de Aspásia; e, à maneira de um banqueiro obeso, que obtém as complacências de uma dançarina dando-lhe um *cottage* entre árvores – eu, por uma sugestão sacerdotal, tentei peitar a doce Mãe dos Homens, erguendo-lhe uma catedral toda de mármore branco. A abundância das flores punha entre os pilares lavrados perspectivas de paraísos; a multiplicidade dos lumes lembrava uma magnificência sideral... Despesas vãs! O fino e erudito cardeal Nani veio de Roma consagrar a igreja; mas, quando eu nesse dia entrei a visitar a minha hóspeda divina, o que vi, para além das calvas dos celebrantes, entre a mística névoa dos incensos, não foi a Rainha da Graça, loura, na sua túnica azul – foi o velho malandro com o seu olho oblíquo e o seu papagaio nos braços! Era a ele, ao seu branco bigode tártaro, à sua pança cor de oca, que todo um sacerdócio recamado de ouro estava oferecendo, ao roncar do órgão, a Eternidade dos louvores!...

Então, pensando que Lisboa, o meio dormente em que me movia, era favorável ao desenvolvimento destas imaginações – parti, viajei sobriamente, sem pompa, com um baú e um lacaio.

Visitei, na sua ordem clássica, Paris, a banal Suíça, Londres, os lagos taciturnos da Escócia; ergui a minha tenda diante das muralhas evangélicas de Jerusalém; e, de Alexandria a Tebas, fui ao comprido desse longo Egito monumental e triste como o corredor de um mausoléu. Conheci o enjoo dos paquetes, a monotonia das ruínas, a melancolia das multidões desconhecidas, as desilusões do *boulevard*; e o meu mal interior ia crescendo.

Agora já não era só a amargura de ter despojado uma família venerável: assaltava-me o remorso mais vasto de ter privado toda uma sociedade de um Personagem fundamental, um letrado experiente, coluna da Ordem, esteio de Instituições. Não se pode arrancar assim a um Estado uma personalidade de valor de cento e seis mil contos, sem lhe perturbar o equilíbrio... Esta ideia pungia-me acerbamente. Ansiei por saber se na verdade a desaparição de Ti-Chin-Fú fora funesta à decrépita China: li todos os jornais de Hong Kong e de Xangai; velei a noite sobre Histórias de viagens, consultei sábios missionários – e artigos, homens, livros, tudo me falava da decadência do Império do Meio, províncias arruinadas, cidades moribundas, plebes esfomeadas, pestes e rebeliões, templos aluindo-se, leis perdendo a autoridade, a decomposição de um mundo, como uma nau encalhada que a vaga desfaz tábua a tábua!...

E eu atribuía-me estas desgraças da Sociedade chinesa! No meu espírito doente Ti-Chin-Fú tomara então o valor desproporcionado de um César, um Moisés, um desses seres providenciais que são a força de uma raça. Eu matara-o; e com ele desaparecera a vitalidade da sua pátria! O seu vasto cérebro poderia talvez ter salvado, a rasgos geniais, aquela velha monarquia asiática – e eu imobilizara-lhe a ação criadora! A sua fortuna concorreria a refazer a grandeza do Erário – e eu estava-a dissipando a oferecer pêssegos em janeiro às messalinas do Helder!... – Amigos, conheci o remorso colossal de ter arruinado um império!

Para esquecer este tormento complicado, entreguei-me à orgia. Instalei-me num palacete da avenida dos Campos Elísios – e fui medonho. Dava festas à Trimalcião; e, nas horas mais ásperas de fúria libertina, quando das charangas, na estridência brutal dos cobres, rompiam os *cancans*; quando prostitutas, de seio desbragado, ganiam coplas canalhas; quando os meus convidados boêmios, ateus de cervejaria, injuriavam Deus, com a taça de *champagne* erguida – eu, tomado subitamente como Heliogábalo de um furor de bestialidade, de um ódio contra o Pensante e o Consciente, atirava-me ao chão a quatro patas e zurrava formidavelmente de burro...

Depois quis ir mais abaixo, ao deboche da plebe, às torpezas alcoólicas do *Assomoirr*: e quantas vezes, vestido de blusa, com o casquete para a nuca, de braço dado com *Mes-Bottes* ou *Bibi-la-Gaillarde*, num tropel avinhado, fui cambaleando pelos *boulevards* exteriores, a uivar, entre arrotos:

Allons, enfants de la patrie-e-e!...
Le jour de gloire est arrivé...

Foi uma manhã, depois de um destes excessos, à hora em que nas trevas da alma do debochado se ergue uma vaga aurora espiritual – que me nasceu, de repente, a ideia de partir para a China! E, como soldados em acampamento adormecido, que ao som do clarim se erguem, e um a um se vão juntando e formando coluna – outras ideias se foram reunindo no meu espírito, alinhando-se, completando um plano formidável... Partiria para Pequim; descobriria a família de Ti-Chin-Fú; esposando uma das senhoras, legitimaria a posse dos meus milhões; daria àquela casa letrada a antiga prosperidade; celebraria funerais pomposos ao Mandarim, para lhe acalmar o espírito irritado; iria pelas províncias miseráveis fazendo colossais distribuições de arroz; e, obtendo do Imperador o botão de cristal de Mandarim, acesso fácil a um bacharel, substituir-me-ia à personalidade desaparecida de Ti-Chin-Fú – e poderia assim restituir legalmente à sua pátria, se não a autoridade do seu saber, ao menos a força do seu ouro.

Tudo isto, por vezes, me aparecia como um programa indefinido, nevoento, pueril e ideialista. Mas já o desejo desta aventura original e épica me envolvera; e eu ia, arrebatado por ele, como uma folha seca numa rajada.

Anelei, suspirei por pisar a terra da China! – Depois de altos preparativos, apressados a punhados de ouro, uma noite parti enfim para Marselha. Tinha alugado todo um paquete, o *Ceilão*. E na manhã seguinte, por um mar azul-ferrete, sob o voo branco das gaivotas, quando os primeiros raios do sol ruborizavam as torres de Nossa Senhora da Guarda, sobre o seu rochedo escuro – pus a proa ao Oriente.

IV

O *Ceilão* teve uma viagem calma e monótona até Xangai.

Daí subimos pelo rio Azul a Tien-Tsin num pequeno *steamer* da Companhia Russel. Eu não vinha visitar a China numa curiosidade ociosa de *touriste;* toda a paisagem dessa província, que se assemelha à dos vasos de porcelana, de um tom azulado e vaporoso, com colinazinhas calvas e de longe a longe um arbusto bracejante, me deixou sombriamente indiferente.

Quando o capitão do *steamer*, um *yankee* impudente de focinho de chibo, ao passarmos à altura de Nanquim, me propôs parar, ir percorrer as ruínas monumentais da velha cidade de porcelana, eu recusei com um movimento seco de cabeça, sem mesmo desviar os olhos tristes da corrente barrenta do rio.

Que pesados e soturnos me pareceram os dias de navegação de Tien-Tsin a Tung-Chou, em barcos chatos que o cheiro dos remadores chineses empestava; ora através de terras baixas inundadas pelo Pei-Hó, ora ao longo de pálidos e infindáveis arrozais; passando aqui uma lúgubre aldeia de lama negra, além um campo coberto de esquifes amarelos; topando a cada momento com cadáveres de mendigos, inchados e esverdeados, que desciam ao fio d'água, sob um céu fusco e baixo!

Em Tung-Chou fiquei surpreendido, ao dar com uma escolta de cossacos que mandava ao meu encontro o velho general Camilloff, heroico oficial das campanhas da Ásia Central, e então embaixador da Rússia em Pequim. Eu vinha-lhe recomendado como um ser precioso e raro; e o verboso intérprete Sá-Tó, que ele punha ao meu serviço, explicou-me que as cartas de selo imperial, avisando-o da minha chegada, recebera-as ele, havia semanas, pelos correios da Chancelaria que atravessam a Sibéria em trenó, descem a dorso de camelo até a Grande Muralha tártara, e entregam aí a mala a esses corredores mongólicos, vestidos de couro escarlate, que dia e noite galopam sobre Pequim.

Camilloff enviava-me um *poney* da Manchúria, ajaezado de seda, e um cartão de visita, com estas palavras traçadas a lápis sob o seu nome: *"Saúde! O animal é doce de boca!"*

Montei o *poney*: e a um *hurrah!* dos cossacos, num agitar heroico de lanças, partimos à desfilada pela poeirenta planície – porque já a tarde declinava, e as portas de Pequim fecham-se mal o último raio de sol deixa as torres do Templo do Céu. Ao princípio seguimos uma estrada, caminho batido do trânsito das caravanas, atravancado de enormes lajes de mármore dessoldadas da antiga Via Imperial. Depois passamos a ponte de Pa-likao, toda de mármore branco, flanqueada de dragões arrogantes. Vamos correndo então à beira de canais de água negra; começam a aparecer pomares; aqui e além uma aldeia de cor azulada, aninhada ao pé de um Pagode – de repente, a um cotovelo do caminho, paro assombrado...

Pequim está diante de mim! É uma vasta muralha, monumental e bárbara, de um negro baço, estendendo-se a perder de vista, e destacando, com as arquiteturas babilônicas das suas portas de tetos recurvos, sobre um fundo de poente de púrpura ensanguentada...

Ao longe, para o Norte, num vago de vapor roxo, esbatem-se, como suspensas no ar, as montanhas da Mongólia...

Uma rica liteira esperava-me à Porta de Tung Tsen-Men, para eu atravessar Pequim até a Residência militar de Camilloff. A muralha agora, ao perto, parecia erguer-se até os céus com o horror de uma construção bíblica: à sua base apinhava-se uma confusão de barracas, feira exótica, onde rumorejava uma multidão, e a luz de lanternas oscilantes cortava já o crepúsculo de vagas manchas cor de sangue; os toldos brancos faziam ao pé do negro muro como um bando de borboletas pousadas.

Senti-me triste; subi à liteira, cerrei as cortinas de seda escarlate todas bordadas a ouro; e, cercado dos cossacos, eis-me entrando a velha Pequim, por essa porta babélica, na turba tumultuosa, entre carretas, cadeirinhas de charão, cavaleiros mongólicos armados de flechas, bonzos de túnica alvejante marchando um a um, e longas filas de lentos dromedários balançando a sua carga em cadência...

Daí a pouco a liteira parou. O respeitoso Sá-Tó correu as cortinas, e vi-me num jardim, escurecido e calado, onde, por entre sicômoros seculares, quiosques alumiados brilhavam com uma luz doce, como colossais lanternas pousadas sobre a relva; e toda a sorte de águas correntes murmuravam na sombra. Sob um peristilo feito de madeiros pintados a vermelhão, aclarado por fios de lâmpadas de papel transparente, esperava-me um membrudo figurão, de bigodes brancos, apoiado a um grosso espadão. Era o general Camilloff. Ao adiantar-me para ele, eu sentia o passo inquieto das gazelas fugindo de leve sob as árvores...

O velho herói apertou-me um momento ao peito, e conduziu-me logo, segundo os usos chineses, ao banho da hospitalidade, uma vasta tina de porcelana, onde entre rodelas finas de limão sobrenadavam esponjas brancas, num perfume forte de lilás...

Pouco depois a lua banhava deliciosamente os jardins; e eu, muito fresco, de gravata branca, entrava pelo braço de Camilloff no *boudoir* da generala. Era alta e loura; tinha os olhos verdes das sereias de Homero; no decote baixo do seu vestido de seda branca pousava uma rosa escarlate; e nos dedos, que lhe beijei, errava um aroma fino de sândalo e de chá.

Conversamos muito da Europa, do Niilismo, de Zola, de Leão XIII, e da magreza de Sarah Bernhardt...

Pela galeria aberta penetrava um ar cálido que rescendia a heliotrópio. Depois ela sentou-se ao piano e a sua voz de contralto quebrou até tarde os silêncios melancólicos da cidade tártara, com as picantes árias de *Madame Favart* e com as melodias afagantes do *Rei de Lahore*.

Ao outro dia cedo, encerrado com o general num dos quiosques do jardim, contei-lhe a minha lamentável história e os motivos fabulosos que me traziam a Pequim. O herói escutava, cofiando sombriamente o seu espesso bigode cossaco...

– O meu prezado hóspede sabe o chinês? – perguntou-me de repente, fixando em mim a pupila sagaz.

– Sei duas palavras importantes, general: mandarim e chá.

Ele passou a sua mão de fortes cordoveias sobre a medonha cicatriz que lhe sulcava a calva:

– Mandarim, meu amigo, não é uma palavra chinesa, e ninguém a entende na China. É o nome que no século XVI os navegadores do seu país, do seu belo país...

– Quando nós tínhamos navegadores... – murmurei, suspirando.

Ele suspirou também, por polidez, e continuou:

— ...Que os seus navegadores deram aos funcionários chineses. Vem do seu verbo, do seu lindo verbo...

— Quando tínhamos verbos... — rosnei, no hábito instintivo de deprimir a pátria.

Ele esgazeou um momento o seu olho redondo de velho mocho — e prosseguiu paciente e grave:

— Do seu lindo verbo *mandar*... Resta-lhe portanto *chá*. É um vocábulo que tem um vasto papel na vida chinesa, mas julgo-o insuficiente para servir a todas as relações sociais. O meu estimável hóspede pretende esposar uma senhora da família Ti-Chin-Fú, continuar a grossa influência que exerce o Mandarim, substituir, doméstica e socialmente, esse chorado defunto... Para tudo isto dispõe da palavra *chá*. É pouco.

Não pude negar — que era pouco. O venerando russo, franzindo o seu nariz aduncо de milhafre, pôs-me ainda outras objeções que eu via erguerem-se diante do meu desejo — como as muralhas mesmas de Pequim: nenhuma senhora da família Ti-Chin-Fú consentiria jamais em casar com um bárbaro; e seria impossível, terrivelmente impossível, que o Imperador, o Filho do Sol, concedesse a um estrangeiro as honras privilegiadas de um Mandarim...

— Mas por que mas recusaria? — exclamei. — Eu pertenço a uma boa família da província do Minho. Sou bacharel formado; portanto na China, como em Coimbra, sou um letrado! Já fiz parte de uma repartição pública... Possuo milhões... Tenho a experiência do estilo administrativo...

O general ia-se curvando com respeito a esta abundância dos meus atributos.

— Não é — disse ele enfim — que o Imperador realmente o recusasse; é que o indivíduo que lho propusesse seria imediatamente decapitado. A lei chinesa, neste ponto, é explícita e seca.

Baixei a cabeça, acabrunhado.

— Mas, general — murmurei —, eu quero livrar-me da

presença odiosa do velho Ti-Chin-Fú e do seu papagaio!...
Se eu entregasse metade dos meus milhões ao tesouro chinês, já que não me é dado pessoalmente aplicá-los, como Mandarim, à prosperidade do Estado...? Talvez Ti-Chin-Fú se calmasse...

O general pousou-me paternalmente a vasta mão sobre o ombro:

– Erro, considerável erro, mancebo! Esses milhões nunca chegariam ao tesouro imperial. Ficariam nas algibeiras insondáveis das classes dirigentes; seriam dissipados em plantar jardins, colecionar porcelanas, tapetar de peles os soalhos, fornecer sedas às concubinas; não aliviariam a fome de um só chinês, nem repariam uma só pedra das estradas públicas... Iriam enriquecer a orgia asiática. A alma de Ti-Chin-Fú deve conhecer bem o Império: e isso não a satisfaria.

– E se eu empregasse parte da fortuna do velho malandro em fazer particularmente, como filantropo, largas distribuições de arroz à populaça faminta? É uma ideia...

– Funesta – disse o general, franzindo medonhamente o sobrolho. – A corte imperial veria aí imediatamente uma ambição política, o tortuoso plano de ganhar os favores da plebe, um perigo para a Dinastia... O meu bom amigo seria decapitado... É grave...

– Maldição! – berrei. – Então para que vim eu à China?

O diplomata encolheu vagarosamente os ombros; mas logo, mostrando num sorriso astuto os seus dentes amarelos de cossaco:

– Faça uma coisa. Procure a família de Ti-Chin-Fú... Eu indagarei do primeiro-ministro, Sua Excelência, o príncipe Tong, onde para essa prole interessante... Reúna-os, atire-lhes uma ou duas dúzias de milhões... Depois prepare ao defunto funerais régios. Funerais de alto cerimonial, com um préstito de uma légua, filas de bonzos, todo um mundo de

estandartes, palanquins, lanças, plumas, andores escarlates, legiões de carpideiras ululando sinistramente etc. etc... Se depois de tudo isto a sua consciência não adormecer e o fantasma insistir...
– Então?
– Corte as goelas.
– Obrigado, general.

Uma coisa porém era evidente, e nela concordaram Camilloff, o respeitoso Sá-Tó e a generala – que, para frequentar a família Ti-Chin-Fú, seguir os funerais, misturar-me à vida de Pequim, eu devia desde já vestir-me como um chinês opulento, da classe letrada, para me ir habituando ao traje, às maneiras, ao cerimonial mandarim...

A minha face amarelada, o meu longo bigode pendente favoreciam a caracterização; e quando na manhã seguinte, depois de arranjado pelos costureiros engenhosos da rua Chá-Coua, entrei na sala forrada de seda escarlate, onde já rebrilhavam as porcelanas do almoço sobre a mesa de charão negro – a generala recuou como à aparição do próprio Tong-Tché, Filho do Céu!

Eu trazia uma túnica de brocado azul-escuro abotoada ao lado, com o peitilho ricamente bordado de dragões e flores de ouro; por cima um casabeque de seda de um tom azul mais claro, curto, amplo e fofo; as calças de cetim cor de avelã descobriam ricas *babouches* amarelas pespontadas a pérolas, e um pouco da meia picada de estrelinhas negras; e à cinta, numa linda faixa franjada de prata, tinha metido um leque de bambu, dos que têm o retrato do filósofo Lao-Tsé e são fabricados em Swaton.

E, pelas misteriosas correlações com que o vestuário influencia o caráter, eu sentia já em mim ideias, instintos chineses – o amor dos cerimoniais meticulosos, o respeito burocrático das fórmulas, uma ponta de ceticismo letrado; e também um abjeto terror do Imperador, o ódio ao estrangeiro, o culto dos antepassados, o fanatismo da tradição, o gosto das coisas açucaradas...

Alma e ventre era já totalmente um Mandarim. Não disse à generala: – *Bonjour, Madame*. – Dobrado ao meio, fazendo girar os punhos fechados sobre a fronte abaixada, fiz gravemente o *chin-chin*!

– É adorável, é precioso! – dizia ela, com o seu lindo riso, batendo as mãozinhas pálidas.

Nessa manhã, em honra da minha nova encarnação, havia um almoço chinês. Que gentis guardanapos de papel de seda escarlate, com monstros fabulosos desenhados a negro! O serviço começou por ostras de Ning-Pó. Exímias! Absorvi duas dúzias com um intenso regalo chinês. Depois vieram deliciosas febras de barbatana de tubarão, olhos de carneiro com picado de alho, um prato de nenúfares em calda de açúcar, laranjas de Cantão, e enfim o arroz sacramental, o arroz dos avós...

Delicado repasto, regado largamente de excelente vinho de ChangChigne! E, por fim, com que gozo recebi a minha taça de água a ferver, onde deitei uma pitada de folhas de chá imperial, da primeira colheita de março, colheita única, que é celebrada com um rito santo pelas mãos puras de virgens!...

Duas cantadeiras entraram, enquanto nós fumávamos; e muito tempo, numa modulação gutural, disseram velhas cantigas dos tempos da dinastia Ming, ao som de guitarras recobertas de peles de serpente, que dois tártaros agachados repenicavam, numa cadência melancólica e bárbara. A China tem encantos de um raro gosto...

Depois a loura generala cantou-nos, com chiste, a *Femme à barbe;* e quando o general saiu com a sua escolta cossaca para o *Yamen* do príncipe Tong, a informar-se da residência da família Ti-Chin-Fú – eu, repleto e bem-disposto, saí com Sá-Tó a ver Pequim.

A habitação de Camilloff ficava na cidade tártara, nos bairros militares e nobres. Há aqui uma tranquilidade austera. As ruas assemelham-se a largos caminhos de aldeia sulcados pelas rodas dos carros; e quase sempre se caminha ao comprido de um muro, donde saem ramos horizontais de sicômoros.

Por vezes uma carreta passa rapidamente, ao trote de um *poney* mongol, com altas rodas cravejadas de pregos dourados; tudo nela oscila: o toldo, as cortinas pendentes de seda, os ramos de plumas aos ângulos; e dentro entrevê-se alguma linda dama chinesa, coberta de brocados claros, a cabeça toda cheia de flores, fazendo girar nos pulsos dois aros de prata, com um ar de tédio cerimonioso. Depois é alguma aristocrática cadeirinha de Mandarim, que *koulis,* vestidos de azul, de rabicho solto, vão levando a um trote arquejante para os *Yamens* do Estado; precede-os uma criadagem maltrapilha que ergue ao alto rolos de seda com inscrições bordadas, insígnias de autoridade; e dentro o personagem bojudo, com enormes óculos redondos, folheia a sua papelada ou dormita de beiço caído...

A cada momento parávamos a olhar as lojas ricas, com as suas tabuletas verticais de letras douradas sobre fundo escarlate: os fregueses, num silêncio de igreja, sutis como sombras, vão examinando as preciosidades – porcelanas da dinastia Ming, bronzes, esmaltes, marfins, sedas, armas marchetadas, os leques maravilhosos de Swaton; por vezes, uma fresca rapariga de olho oblíquo, túnica azul e papoulas de papel nas tranças, desdobra algum raro brocado diante de um grosso chinês que o contempla beatamente, com os dedos cruzados na pança; ao fundo o mercador, aparatoso e imóvel, escreve com um pincel sobre longas tabuinhas de sândalo; e um perfume adocicado, que sai das coisas, perturba e entristece...

Eis aqui a muralha que cerca a cidade interdita, morada santa do Imperador! Moços nobres vêm descendo do terraço de um templo onde se estiveram adestrando à frecha. Sá-Tó disse-me os seus nomes: eram da guarda seleta, que nas cerimônias escolta o guarda-sol de seda amarela, com o Dragão bordado, que é o emblema sagrado do Imperador. Todos eles cumprimentaram profundamente um velho que ia passando, de barbas venerandas, com o casabeque amarelo que é o privilégio do ancião; vinha falando só, e trazia na mão uma vara sobre que pousavam cotovias domesticadas... Era um príncipe do Império.

Estranhos bairros! Mas nada me divertia como ver a cada instante, a uma porta de jardim, dois Mandarins pançudos que para entrar se trocavam indefinidamente salamalés, cortesias, recusas, risinhos agudos de etiqueta, todo um cerimonial dogmático – que lhes fazia oscilar de um modo picaresco, sobre as costas, as longas penas de pavão. Depois, se erguia os olhos para o ar, lá via sempre pairar enormes papagaios de papel, ora em forma de dragões, ora de cetáceos, ora de aves fabulosas – enchendo o espaço de uma inverossímil legião de monstros transparentes e ondeantes...

– Sá-Tó, basta de cidade tártara! Vamos ver os bairros chineses...

E lá fomos penetrando na cidade chinesa, pela porta monstruosa de Tchin-Men. Aqui habita a burguesia, o mercador, a populaça. As ruas alinham-se como uma pauta; e, no solo vetusto e lamacento, feito da imundície de gerações recalcada desde séculos, ainda aqui e além jaz alguma das lajes de mármore cor-de-rosa que outrora o calçavam, no tempo da grandeza dos Ming.

Dos dois lados são – ora terrenos vagos onde uivam manadas de cães famintos, ora filas de casebres fuscos, ora pobres lojas com as suas tabuletas esguias e sarapintadas, balouçando-se de uma haste de ferro. A distância erguem-se os arcos triunfais feitos de barrotes cor de púrpura, ligados no alto por um telhado oblongo de telhas azuis envernizadas, que rebrilham como esmaltes. Uma multidão rumorosa e espessa, onde domina o tom pardo e azulado dos trajes, circula sem cessar; a poeira envolve tudo de uma névoa amarelada; um fedor acre exala-se dos enxurros negros; e a cada momento uma longa caravana de camelos fende lentamente a turba, conduzida por mongóis sombrios vestidos de pele de carneiro...

Fomos até as entradas das pontes sobre os canais, onde saltimbancos seminus, com máscaras simulando demônios pavorosos, fazem destrezas de um picaresco bárbaro e sutil; e muito tempo estive a admirar os astrólogos de longas túnicas, com dragões de papel colados às costas, vendendo ruidosamente horóscopos e consultas de astros. Oh cidade fabulosa e singular!

De repente ergue-se uma gritaria! Corremos: era um bando de presos, que um soldado, de grandes óculos, ia impelindo com o guarda-sol, amarrados uns aos outros pelo rabicho! Foi aí, nessa avenida, que eu vi o estrepitoso cortejo de um funeral de Mandarim, todo ornado de auriflamas e de bandeirolas; grupos de sujeitos fúnebres vinham queimando papéis em fogareiros portáteis; mulheres esfarrapadas uivavam de dor espojando-se sobre tapetes; depois erguiam-se, galhofavam, e um *kouli* vestido de luto branco servia-lhes logo chá, de um grande bule em forma de ave.

Ao passar junto ao Templo do Céu, vejo apinhada num largo uma legião de mendigos: tinham por vestuário um tijolo preso à cinta num cordel; as mulheres, com os cabelos entremeados de velhas flores de papel, roíam ossos tranquilamente; e cadáveres de crianças apodreciam ao lado, sob o voo dos moscardos. Adiante topamos com uma jaula de traves, onde um condenado estendia, através das grades, as mãos descarnadas, à esmola... Depois Sá-Tó mostrou-me respeitosamente uma praça estreita: aí, sobre pilares de pedra, pousavam pequenas gaiolas contendo cabeças de decapitados; e gota a gota ia pingando delas um sangue espesso e negro...

– Uf! – exclamei, fatigado e aturdido. – Sá-Tó, agora quero o repouso, o silêncio, e um charuto caro...

Ele curvou-se e, por uma escadaria de granito, levou-me às altas muralhas da cidade, formando uma esplanada que quatro carros de guerra a par podem percorrer durante léguas.

E enquanto Sá-Tó, sentado num vão de ameia, bocejava, num desafogo de cicerone enfastiado, eu, fumando, contemplei muito tempo aos meus pés a vasta Pequim...

É como uma formidável cidade da Bíblia, Babel ou Nínive, que o profeta Jonas levou três dias a atravessar. O grandioso muro quadrado limita os quatro pontos do horizonte, com as suas portas de torres monumentais, que o ar azulado, àquela distância, faz parecer transparentes. E na imensidão do seu recinto aglomeram-se confusamente verduras de bosques, lagos artificiais, canais cintilantes como aço, pontes de mármore, terrenos alastrados de ruínas, telhados envernizados reluzindo ao sol; por toda a parte são pagodes heráldicos, brancos terraços de templos, arcos triunfais, milhares de quiosques saindo de entre as folhagens dos jardins; depois espaços que parecem um montão de porcelanas, outros que se assemelham a monturos de lama; e sempre a intervalos regulares o olhar encontra algum dos bastiões, de um aspecto heroico e fabuloso...

A multidão, junto a essas edificações grandiosas, é apenas como grãos de areia negra que um vento brando vai trazendo e levando...

Aqui está o vasto palácio imperial, entre arvoredos misteriosos, com os seus telhados de um amarelo de ouro vivo! Como eu desejaria penetrar-lhe os segredos, e ver desenrolar-se, pelas galerias sobrepostas, a magnificência bárbara dessas Dinastias seculares!

Além ergue-se a torre do Templo do Céu semelhando três guarda-sóis sobrepostos; depois a grande coluna dos Princípios, hierática e seca como o Gênio mesmo da Raça; e adiante branquejam numa meia-tinta sobrenatural os terraços de jaspe do Santuário da Purificação...

Então interrogo Sá-Tó; e o seu dedo respeitoso vai-me mostrando o Templo dos Antepassados, o Palácio da Soberana Concórdia, o Pavilhão das Flores das Letras, o Quiosque dos Historiadores, fazendo brilhar, entre os bosques sagrados que os cercam, os seus telhados lustrosos de faianças azuis, verdes, escarlates e cor de limão. Eu devorava, de olho ávido, esses monumentos da Antiguidade asiática, numa curiosidade de conhecer as impenetráveis classes que os habitam, o princípio das instituições, a significação dos Cultos, o espírito das suas letras, a gramática, o dogma, a estranha vida interior de um cérebro de letrado chinês... Mas esse mundo é inviolável como um santuário...

Sentei-me na muralha, e os meus olhos perderam-se pela planície arenosa que se estira para além das portas até os contrafortes dos montes mongólicos; aí incessantemente redemoinham ondas infindáveis de poeira; a toda a hora negrejam filas vagarosas de caravanas... Então invadiu-me a alma uma melancolia, que o silêncio daquelas alturas, envolvendo Pequim, tornava de um vago mais desolado: era como uma saudade de mim mesmo, um longo pesar de me sentir ali isolado, absorvido naquele mundo duro e bárbaro; lembrei-me, com os olhos umedecidos, da minha aldeia do Minho, do seu adro assombreado de carvalheiras, a venda com um ramo de louro à porta, o alpendre do ferrador, e os ribeiros tão frescos quando verdejavam os linhos...

Aquela era a época em que as pombas emigram de Pequim para o Sul. Eu via-as reunirem-se em bandos por cima de mim, partindo dos bosques dos templos e dos pavilhões imperiais; cada uma traz, para a livrar dos milhafres, um leve tubo de bambu que o ar faz silvar;

e aquelas nuvens brancas passavam como impelidas de uma aragem mole, deixando no silêncio um lento e melancólico suspiro, uma ondulação eólia, que se perdia nos ares pálidos...

Voltei para casa, pesado e pensativo.

Ao jantar, Camilloff, desdobrando o seu guardanapo, pediu-me com bonomia as minhas impressões de Pequim.

– Pequim faz-me sentir bem, general, os versos de um poeta nosso:

Sôbolos rios que vão
Por Babilônia me achei...

– Pequim é um monstro! – disse Camilloff oscilando refletidamente a calva. – E agora considere que a esta capital, à classe tártara e conquistadora que a possui, obedecem trezentos milhões de homens, uma raça sutil, laboriosa, sofredora, prolífica, invasora... Estudam as nossas ciências... Um cálice de *Médoc*, Teodoro?... Têm uma marinha formidável! O exército, que outrora julgava destroçar o estrangeiro com dragões de papelão de onde saíam bichas de fogo, tem agora tática prussiana e espingarda de agulha! Grave!

– E todavia, general, no meu país, quando, a propósito de Macau, se fala do Império Celeste, os patriotas passam os dedos pela grenha, e dizem negligentemente: *Mandamos lá cinquenta homens, e varremos a China...*

A esta sandice – fez-se um silêncio. E o general, depois de tossir formidavelmente, murmurou, com condescendência:

– Portugal é um belo país...

Eu exclamei com secura e firmeza:

– É uma choldra, general.

A generala, colocando delicadamente à borda do prato uma asa de frango, e limpando o dedinho, disse:

— É o país da canção de Mignon. É lá que floresce a laranjeira...

O gordo Meriskoff, doutor alemão pela Universidade de Bonn, chanceler da legação, homem de poesia e de comentário, observou com respeito:

— Generala, o doce país de Mignon é a Itália: *Conheces tu a terra privilegiada onde a laranjeira dá flor?* O divino Goethe referia-se à Itália, *Italia mater*... A Itália será o eterno amor da humanidade sensível!

— Eu prefiro a França! — suspirou a esposa do primeiro-secretário, uma bonecazinha sardenta, de cabelo arruivascado.

— Ah! a França!... — murmurou um adido, revirando um bugalho de olho terníssimo.

O gordo Meriskoff ajeitou os óculos de ouro:

— A França tem um mal, que é a Questão social...

— Oh! a Questão social! — rosnou sombriamente Camilloff.

— Ah! a Questão social... — considerou ponderosamente o adido.

E, discreteando com tanta sapiência, chegamos por fim ao café.

Ao descer ao jardim, a generala, apoiando-se sentimentalmente ao meu braço, murmurou-me junto à face:

— Ai, quem me dera viver nesses países apaixonados onde verdejam os laranjais!...

— É lá que se ama, generala — segredei-lhe eu, levando-a docemente para a escuridão dos sicômoros...

V

Foi necessário todo um longo verão para descobrir a província onde residira o defunto Ti-Chin-Fú!

Que episódio administrativo tão pitoresco, tão chinês! O serviçal Camilloff, que passava o dia inteiro a percorrer os *Yamens* do Estado, teve de provar primeiro que o desejo de conhecer a morada de um velho Mandarim não encobria uma conspiração contra a segurança do Império; e depois foi-lhe ainda preciso jurar que não havia nesta curiosidade um atentado contra os Ritos sagrados! Então, satisfeito, o príncipe Tong permitiu que se fizesse o inquérito imperial: centenares de escribas empalideceram noite e dia, de pincel na mão, desenhando relatórios sobre papel de arroz; misteriosas conferências sussurraram incessantemente por todas as repartições da Cidade Imperial, desde o Tribunal Astronômico até o Palácio da Bondade Preferida; e uma população de *koulis* transportava da legação russa para os quiosques da Cidade Interdita, e daí para o Pátio dos Arquivos, padiolas estalando ao peso de maços de documentos vetustos...

Quando Camilloff perguntava *pelo resultado*, vinha-lhe a resposta satisfatória que se estavam consultando os Livros Santos de Lá-o-Tsé, ou que se iam explorar velhos textos do tempo de Nor-Ha-Chú. E, para calmar a impaciência bélica do russo, o príncipe Tong remetia, com estes recados sutis, algum substancial presente de confeitos recheados, ou de gomos de bambu em calda de açúcar...

Ora, enquanto o general trabalhava com fervor para encontrar a família Ti-Chin-Fú – eu ia tecendo horas de seda e ouro (assim diz um poeta japonês) aos pés pequeninos da generala...

Havia um quiosque no jardim sob os sicômoros, que se denominava, à maneira chinesa, de *Repouso Discreto* – ao lado um arroio fresco ia cantando docemente sob uma pontezinha rústica pintada de cor-de-rosa. As paredes eram apenas um gradeado de bambu fino forrado de seda cor de ganga; o sol, passando através delas, fazia uma luz sobrenatural de opala desmaiada. Ao centro afofava-se um divã de seda branca, de uma poesia de nuvem matutina, atraente como um leito nupcial. Aos cantos, em ricas jarras transparentes da época de Yeng, erguiam-se, na sua gentileza aristocrática, lírios escarlates do Japão. Todo o soalho estava recoberto de esteiras finas de Nanquim; e junto à janela rendilhada, sobre um airoso pedestal de sândalo, pousava aberto ao alto um leque formado de lâminas de cristal separadas, que a aragem entrando fazia vibrar, numa modulação melancólica e terna.

As manhãs do fim de agosto em Pequim são muito suaves; já erra no ar um enternecimento outonal. A essa hora o conselheiro Meriskoff, os oficiais da legação, estavam sempre na chancelaria *fazendo a mala* para S. Petersburgo.

Eu, então, de leque na mão, pisando sutilmente na ponta das babouches de cetim as ruazinhas areadas do jardim, ia entreabrir a porta do *Repouso Discreto*:

– Mimi?

E a voz da generala respondia, suave como um beijo:

– *All right...*

Como ela era linda vestida de dama chinesa! Nos seus cabelos levantados alvejavam flores de pessegueiro; e as sobrancelhas pareciam mais puras e negras avivadas à tinta de Nanquim. A camisinha de gaze, bordada a soutache de filigrana de ouro, colava-se aos seus seios pequeninos e direitos; vastas, fofas calças de *foulard* cor de *coxa de Ninfa*, que lhe davam uma graça de serralho, recaíam sobre o tornozelo fino, coberto de meia de seda amarela – e apenas três dedos da minha mão cabiam na sua chinelinha...

Chamava-se Vladimira; nascera ao pé de Nidji-Novogorod; e fora educada por uma tia velha que admirava Rousseau, lia Faublas, usava o cabelo empoado, e parecia a grossa litografia cossaca de uma dama galante de Versalhes...

O sonho de Vladimira era habitar Paris; e, fazendo ferver delicadamente as folhas de chá, pedia-me histórias ladinas de *cocottes*, e dizia-me o seu culto por Dumas filho...

Eu arregaçava-lhe a larga manga do casabeque de seda de cor de folha morta, e ia fazendo viajar os meus lábios devotos pela pele fresca dos seus belos braços – e depois sobre o divã, enlaçados, peito contra peito, num êxtase mudo, sentíamos as lâminas de cristal ressoar eoliamente, as pegas azuis esvoaçarem pelos plátanos, o fugitivo ritmo do arroio corrente...

Os nossos olhos umedecidos encontravam às vezes um quadro de cetim preto, por cima do divã, onde em caracteres chineses se desenrolavam sentenças do Livro Sagrado de Li-Nun "sobre os deveres das esposas". Mas nenhum de nós percebia o chinês... E no silêncio os nossos beijos recomeçavam, espaçados, soando docemente, e comparáveis (na língua florida daqueles países) a pérolas que caem uma a uma sobre uma bacia de prata... – Oh suaves sestas dos jardins de Pequim, onde estais vós? Onde estais, folhas mortas dos lírios escarlates do Japão?...

Uma manhã, Camilloff, entrando na chancelaria onde eu fumava o cachimbo da amizade de companhia com Meriskoff, atirou o seu enorme sabre para um canapé, e contou-nos radiante as notícias que lhe dera o penetrante príncipe Tong. – Descobrira-se enfim que um opulento Mandarim, de nome Ti-Chin-Fú, vivera outrora nos confins da Mongólia, na vila de Tien-Hó! Tinha morrido subitamente: e a sua larga descendência residia lá, em miséria, num casebre vil...

Essa descoberta, é certo, não fora devida à sagacidade da burocracia imperial – mas fizera-a um astrólogo do templo de Faqua, que durante vinte noites folheara no céu o luminoso arquivo dos astros...

– Teodoro, há-de ser o seu homem! – exclamou Camilloff.

E Meriskoff repetiu, sacudindo a cinza do cachimbo:

– Há-de ser o seu homem, Teodoro!

– O meu homem... – murmurei sombriamente.

Era talvez o *meu homem*, sim! Mas não me seduzia ir procurar o *meu homem* ou a sua família, na monotonia de uma caravana, por essas desoladas extremidades da China!... Depois, desde que chegara a Pequim, eu não tornara a avistar a forma odiosa de Ti-Chin-Fú e do seu papagaio. A Consciência era dentro em mim como uma pomba adormecida. Certamente, o alto esforço de me ter arrancado às doçuras do *boulevard* e do Loreto, de ter sulcado os mares até o Império do Meio, parecera à Eterna Equidade uma expiação suficiente e uma peregrinação reparadora. Certamente Ti-Chin-Fú, acalmado, recolhera-se com o seu papagaio à sempiterna Imobilidade... Para que iria eu, pois, a Tien-Hó? Por que não ficaria ali, naquela amável Pequim, comendo nenúfares em calda de açúcar, abandonando-me às sonolências amorosas do *Repouso Discreto*, e, pelas tardes azuladas, dando o meu passeio pelo braço do bom Meriskoff nos terraços de jaspe da Purificação ou sob os cedros do Templo do Céu?...

Mas já o zeloso Camilloff, de lápis na mão, ia marcando no mapa o meu itinerário para Tien-Hó! E mostrando-me, num desagradável entrelaçamento, sombras de montes, linhas tortuosas de rios, esfumados de lagoas:

– Aqui está! O meu hóspede sobe até Ni-ku-hé, na margem do Pei-Hó... Daí, em barcos chatos, vai a My-Y'un. Boa cidade, há lá um Buda vivo... Daí, a cavalo, segue até a fortaleza de Ché-hia. Passa a grande muralha, famoso espetáculo!... Descansa no forte de Ku-pi-hó. Pode lá caçar a gazela. Soberbas gazelas... E com dois dias de caminhada está em Tien-Hó... Brilhante, hein?... Quando quer partir? Amanhã?...

– Amanhã – rosnei, tristonho.

Pobre generala! Nessa noite, enquanto Meriskoff, ao fundo da sala, fazia com três oficiais da embaixada o seu *whist* sacramental; e Camilloff, ao canto do sofá, de braços cruzados, solene como numa poltrona do Congresso de

Viena, dormia de boca aberta – ela sentou-se ao piano. Eu ao lado, na atitude de um Lara, devastado pela fatalidade, retorcia lugubremente o bigode. E a doce criatura, entre dois gemidos do teclado, de uma saudade penetrante, cantou revirando para mim os seus olhos rebrilhantes e úmidos:

> *L'oiseau s'envole,*
> *Là bas, là bas!...*
> *L'oiseau s'envole...*
> *Ne revient pas!*

– A ave há-de voltar ao ninho – murmurei eu enternecido.

E, afastando-me a esconder uma lágrima, ia resmungando furioso:

– Canalha de Ti-Chin-Fú! Por tua causa! Velho malandro! Velho garoto!...

Ao outro dia lá vou para Tien-Hó – com o respeitoso intérprete Sá-Tó, uma longa fila de carretas, dois cossacos, toda uma populaça de *koulis*.

Ao deixar a muralha da cidade tártara, seguimos muito tempo ao comprido dos jardins sagrados que orlam o templo de Confúcio.

Era no fim do outono; já as folhas tinham amarelecido; uma doçura tocante errava no ar...

Dos quiosques santos saía uma sussurração de cânticos, de nota monótona e triste. Pelos terraços, enormes serpentes, veneradas como deuses, iam-se arrastando, já entorpecidas da friagem. E aqui e além, ao passar, avistávamos budistas decrépitos, secos como pergaminhos e nodosos como raízes, encruzados no chão sob os sicômoros, numa imobilidade de ídolos, contemplando incessantemente o umbigo, à espera da perfeição do Nirvana...

E eu ia pensando, com uma tristeza tão pálida como aquele mesmo céu de outubro asiático, nas duas lágrimas redondinhas que vira brilhar, à despedida, nos olhos verdes da generala!...

VI

Já a tarde declinava, e o sol descia vermelho como um escudo de metal candente, quando chegamos a Tien-Hó.

As muralhas negras da vila erguem-se, do lado do sul, ao pé de uma torrente que ruge entre rochas; para o nascente, a planície lívida e poeirenta estende-se até um grupo escuro de colinas onde branqueja um vasto edifício – que é uma Missão Católica. E para além, para o extremo Norte, são as eternas montanhas roxas da Mongólia, suspensas sempre no ar como nuvens.

Alojamo-nos num barracão fétido, intitulado *Estalagem da Consolação Terrestre*. Foi-me reservado o quarto nobre, que abria sobre uma galeria fixada em estacas; era ornado estranhamente de dragões de papel recortado, suspensos por cordéis do travejamento do teto; à menor aragem aquela legião de monstros fabulosos oscilava em cadência, com um rumor seco de folhagem, como tomada de vida sobrenatural e grotesca.

Antes que escurecesse fui ver com Sá-Tó a vila: mas bem depressa fugi ao fedor abominável das vielas; tudo se me afigurou ser negro – os casebres, o chão barrento, os enxurros, os cães famintos, a populaça abjeta... Recolhi ao albergue – onde arrieiros mongóis e crianças piolhosas me miravam com assombro.

– Toda esta gente me parece suspeita, Sá-Tó – disse eu, franzindo a testa.

– Tem Vossa Honra razão. É uma ralé! Mas não há

perigo: eu matei, antes de partirmos, um galo negro, e a deusa Kaonine deve estar contente. Pode Vossa Honra dormir ao abrigo dos maus espíritos... Quer Vossa Honra o chá?...

– Traze, Sá-Tó.

Bebido o chá, conversamos do *grande plano*: na manhã seguinte eu ia levar a alegria à triste choupana da viúva de Ti-Chin-Fú, anunciando-lhe os milhões que lhe dava, depositados já em Pequim; depois, de acordo com o Mandarim governador, faríamos uma copiosa distribuição de arroz pela populaça; e à noite iluminações, danças, como numa gala pública...

– Que te parece, Sá-Tó?

– Nos lábios de Vossa Honra habita a sabedoria de Confúcio... Vai ser grande! Vai ser grande!

Como vinha cansado, bem cedo comecei a bocejar, e estirei-me sobre o estrado de tijolo aquecido que serve de leito nas estalagens da China; enrolado na minha peliça, fiz o sinal da cruz, e adormeci pensando nos braços brancos da generala, nos seus olhos verdes de sereia...

Era talvez já meia-noite quando despertei a um rumor lento e surdo que envolvia o barracão – como de forte vento num arvoredo, ou uma maresia grossa batendo um paredão. Pela galeria aberta, o luar entrava no quarto, um luar triste de outono asiático, dando aos dragões suspensos do teto formas, semelhanças quiméricas...

Ergui-me, já nervoso – quando um vulto, alto e inquieto, apareceu na faixa luminosa do luar...

– Sou eu, Vossa Honra! – murmurou a voz apavorada de Sá-Tó.

E logo, agachando-se ao pé de mim, contou-me num fluxo de palavras roucas a sua aflição – enquanto eu dormia, espalhara-se pela vila que um estrangeiro, o *Diabo Estrangeiro*, chegara com bagagens carregadas de tesouros... Já desde o começo da noite ele tinha entrevisto faces agudas, de olho voraz, rondando o barracão, como chacais impacientes... E ordenara logo aos *koulis* que entrincheirassem a porta com os carros das bagagens, formados em semicírculo à velha maneira tártara... Mas pouco a pouco a malta crescera... Agora vinha de espreitar por um postigo; e era em roda da estalagem toda a populaça de Tien-Hó, rosnando sinistramente... A deusa Kaonine não se satisfizera com o sangue do galo preto!... Além disso ele vira à porta de um pagode uma cabra negra recuar!... A noite seria de terrores!... E a sua pobre mulher, o osso do seu osso, que estava tão longe, em Pequim!...

– E agora, Sá-Tó – perguntei eu.
– Agora... Vossa Honra, agora...

Calou-se: e a sua magra figura tremia, acaçapada como um cão que se roja sob o açoite.

Eu afastei o covarde, e adiantei-me para a galeria. Em baixo, o muro fronteiro, coberto de um alpendre, projetava uma funda sombra. Aí com efeito estava uma turba negra apinhada. Às vezes uma figura, rastejando, adiantava-se no espaço alumiado, espreitava, farejava as carretas, e sentindo a lua sobre a face, recuava vivamente, fundindo-se na escuridão; e, como o teto do alpendre era baixo, faiscava um momento à luz algum ferro de lança inclinada...

– Que querem vocês, canalhas? – bradei eu em português.

A esta voz estrangeira um grunhido saiu da treva; imediatamente uma pedra veio ao meu lado furar o papel encerado da gelosia; depois uma flecha silvou, cravou-se por cima da minha cabeça, num barrote...

Desci rapidamente à cozinha da estalagem. Os meus *koulis*, acocorados sobre os calcanhares, batiam o queixo num terror; e os dois cossacos que me acompanhavam, impassíveis à lareira, cachimbavam, com o sabre nu nos joelhos.

O velho estalajadeiro de óculos, uma avó andrajosa que eu vira no pátio deitando ao ar um papagaio de papel, os arrieiros mongóis, as crianças piolhosas, esses tinham desaparecido; só ficara um velho, bêbado de ópio, caído a um canto como um fardo. Fora ouvia-se já a multidão vociferar.

Interpelei então Sá-Tó, que quase desmaiava, arrimado a uma viga: nós estávamos sem armas; os dois cossacos, sós, não podiam repelir o assalto; era necessário pois ir acordar o Mandarim governador, revelar-lhe que eu era um amigo de Camilloff, um conviva do príncipe Tong, intimá-lo a que viesse dispersar a turba, manter a lei santa da hospitalidade!...

Mas Sá-Tó confessou-me, numa voz débil como um sopro, que o governador decerto é quem estava dirigindo o assalto! Desde as autoridades até os mendigos, a fama da minha riqueza, a legenda das carretas carregadas de ouro inflamara todos os apetites!... A prudência ordenava, como um mandamento santo, que abandonássemos parte dos tesouros, mulas, caixas de comestíveis...

– E ficar aqui, nesta aldeia maldita, sem camisas, sem dinheiro e sem mantimentos?...

– Mas com a rica vida, Vossa Honra!

Cedi. E ordenei a Sá-Tó que fosse propor à turba uma copiosa distribuição de sapeques – se ela consentisse em recolher aos seus casebres, e respeitar em nós os hóspedes enviados por Buda...

Sá-Tó subiu à sacada da galeria, a tremer; e rompeu logo a arengar à malta, bracejando, atirando as palavras com a violência de um cão que ladra. Eu abrira já uma maleta, e ia-lhe passando cartuchos, sacos de sapeques – que ele arremessava aos punhados com um gesto de semeador... Em baixo havia por momentos um tumulto furioso ao chover dos metais; depois um lento suspiro de gula satisfeita; e logo um silêncio, numa suspensão de *quem espera mais*...

– Mais! – murmurava Sá-Tó, voltando-se para mim ansioso.

Eu, indignado, lá lhe dava outros cartuchos, mais rolos,

molhos de moedas de meio real enfiadas em cordéis... Já a
maleta estava vazia. A turba rugia, insaciada.

– Mais, Vossa Honra! – suplicou Sá-Tó.

– Não tenho mais, criatura! O resto está em Pequim!

– Oh Buda Santo! Perdidos! Perdidos! – clamou Sá-Tó, abatendo-se sobre os joelhos.

A populaça, calada, esperava ainda. De repente, uma ululação selvagem rasgou o ar. E eu senti aquela massa ávida arremessar-se sobre as carretas que defendiam a porta em semicírculo: ao choque todo o madeiramento da *Estalagem da Consolação Terrestre* rangeu e oscilou...

Corri à varanda. Embaixo era um tropel desesperado em torno dos carros derrubados; os machados reluziam caindo sobre a tampa dos caixotes; o couro das malas abria-se fendido a faca por mãos inumeráveis; no alpendre, os cossacos debatiam-se, aos urros, sob o cutelo. Apesar da lua, eu via em roda do barracão errarem tochas, numa dispersão de fagulhas; um alarido rouco elevava-se, fazendo ao longe uivar os cães; e de todas as vielas desembocava, corria populaça, sombras ligeiras, agitando chuços e foices recurvas...

Subitamente, na loja térrea, ouvi o tumulto da turba que a invadia pelas portas despedaçadas; decerto me procuravam, supondo que eu teria comigo o melhor do tesouro, pedras preciosas ou ouros... O terror desvairou-me. Corri a uma grade de bambus para o lado do pátio. Demoli-a, saltei sobre uma camada de mato grosso, num cheiro acre de imundícies. O meu *poney*, preso a uma trave, relinchava, puxando furiosamente o cabresto; arremessei-me sobre ele, empolguei-lhe as crinas...

Nesse momento, do portão da cozinha arrombada rompia uma horda com lanternas, lanças, num clamor de delírio. O *poney*, espantado, salta um regueiro; uma flecha silva a meu lado; depois um tijolo bate-me no ombro, outro nos rins, outro na anca do *poney*, outro mais grosso rasga-me a orelha! Agarrado desesperadamente às crinas, arquejando, com a língua de fora, o sangue a gotejar da orelha, vou despedido numa desfilada furiosa ao longo de uma rua negra... De repente vejo diante de mim a muralha, um bastião, a porta da vila fechada!

Então, alucinado, sentindo atrás rugir a turba, abandonado de todo o socorro humano – *precisei de Deus*! Acreditei nele, gritei-lhe que me salvasse; e o meu espírito ia tumultuosamente arrebatando, para Lhe oferecer, fragmentos de orações, de *Salve-Rainhas*, que ainda me jaziam no fundo da memória... Voltei-me sobre a anca do potro; de uma esquina ao longe surgiu um fogacho de tochas: era a corja!... Larguei de golpe ao comprido da alta muralha que corria ao meu lado como uma vasta fita negra furiosamente desenrolada; de súbito avisto uma brecha, um boqueirão eriçado de esgalhos de sarças, e fora a planície que sob a lua parecia como uma vasta água dormente! Lancei-me para lá, desesperadamente, sacudido aos galões do potro... E muito tempo galopei no descampado.

De repente o *poney*, eu, rolamos com um baque surdo. Era uma lagoa. Entrou-me pela boca água pútrida, e os pés enlaçaram-se-me nas raízes moles dos nenúfares... Quando me ergui, me firmei no solo – vi o *poney*, correndo, muito longe, como uma sombra, com os estribos ao vento...

Então comecei a caminhar por aquela solidão, enterrando-me nas terras lodosas, cortando através do mato espinhoso. O sangue da orelha ia-me pingando sobre o ombro; à frialdade agreste, o fato encharcado regelava-me sobre a pele; e por vezes, na sombra, parecia-me ver luzir olhos de feras.

Enfim, encontrei um recinto de pedras soltas, onde jazia, sob um arbusto negro, um daqueles montões de esquifes amarelos que os chineses abandonam nos campos, e onde apodrecem corpos. Abati-me sobre um caixão, prostrado; mas um cheiro abominável pesava no ar; e ao apoiar-me sentia o viscoso de um líquido que escorria pelas fendas das tábuas...

Quis fugir. Mas os joelhos negavam-se, tremiam-me; e árvores, rochas, ervas altas, todo o horizonte começou a girar em torno de mim como um disco muito rápido. Faíscas sanguíneas vibravam-me diante dos olhos; e senti-me como caindo de muito alto, devagar, à maneira de uma pena que desce...

Quando recuperei a consciência estava estirado num banco de pedra, no pátio de um vasto edifício semelhante a um convento, que um alto silêncio envolvia. Dois padres lazaristas lavavam-me devagar a orelha. Um ar fresco circulava; a roldana de um poço rangia lentamente; um sino tocava a matinas. Ergui os olhos, avistei uma fachada branca com janelinhas gradeadas e uma cruz no topo; então, vendo naquela paz de claustro católico como um recanto da pátria recuperada, o abrigo e a consolação, rolaram-me das pálpebras duas lágrimas mudas.

VII

DE MADRUGADA, dois padres lazaristas, dirigindo-se a Tien-Hó, tinham-me encontrado desmaiado no caminho. E, como disse o alegre padre Loriot, "era já tempo"; porque, em redor do meu corpo imóvel, um negro semicírculo desses grossos e soturnos corvos da Tartária já me estava contemplando com gula...

Trouxeram-me sem demora para o convento numa padiola, e grande foi o regozijo da comunidade quando soube que eu era um latino, um cristão e um súdito dos Reis Fidelíssimos. O convento forma ali o centro de um pequeno burgo católico, apinhado em torno da maciça residência como uma casaria de servos à base de um castelo feudal. Existe desde os primeiros missionários que percorreram a Manchúria. Porque nós estamos aqui nos confins da China; para além já é a Mongólia, a Terra das Ervas, imenso prado verde-escuro, lezírias sem fim, colorido aqui e além do vivo das flores silvestres...

Aí jaz a vasta planície dos Nômadas. Da minha janela eu via negrejar os círculos de tendas cobertas de feltro ou de peles de carneiro; e por vezes assistia à partida de uma tribo, em filas de longas caravanas, levando os seus rebanhos para o oeste...

O Superior lazarista era o excelente padre Giulio. A longa permanência entre as raças amarelas tornara-o quase um chinês; quando eu o encontrava no claustro com a sua túnica roxa, o rabicho longo, a barba venerável, agitando devagar um enorme leque – parecia-me algum sábio letrado Mandarim comentando mentalmente, na paz de um templo, o Livro sacro de Chú. Era um santo; mas o cheiro de alho que exalava afastaria as almas mais doloridas e precisadas de consolação.

Conservo suave a memória dos dias ali passados! O meu quarto, caiado de branco, com uma cruz negra, tinha um recolhimento de cela. Acordava sempre ao toque de matinas. Em respeito aos velhos missionários, vinha ouvir a missa à capela; e enternecia-me, ali, tão longe da pátria católica, naquelas terras mongólicas, ver à clara luz da manhã a casula do padre, com a sua cruz bordada, curvando-se diante do altar, e sentir ciciar no fresco silêncio – os *Dominus vobiscum* e os *Cum spiritu tuo*...

De tarde ia à escola admirar os pequenos chineses declinando *Hora, Horae*... E depois do refeitório, passeando no claustro, escutava histórias de longínquas missões, de viagens apostólicas ao *País das Ervagens*, as prisões suportadas, as marchas, os perigos, as Crônicas heroicas da Fé...

Eu por mim não contei no convento as minhas aventuras fantásticas: dei-me como um *touriste* curioso, tomando apontamentos pelo Universo. E, esperando que a minha orelha cicatrizasse, abandonava-me, numa lassidão de alma, àquela paz de mosteiro...

Mas estava decidido a deixar bem depressa a China, esse Império bárbaro que eu odiava agora prodigiosamente!

Quando me punha a pensar que viera desde os confins do Ocidente para trazer a uma província chinesa a abundância dos meus milhões, e que apenas lá chegara fora logo saqueado, apedrejado, frechado – enchia-me um rancor surdo, gastava horas agitando-me pelo quarto, a revolver coisas feras que tentaria para me vingar do Império do Meio!

Retirar-me com os meus milhões era a desforra mais prática, mais fácil! Demais, a minha ideia de ressuscitar artificialmente, para bem da China, a personalidade de Ti-Chin-Fú parecia-me agora absurda, de uma insensatez de sonho. Eu não compreendia a língua, nem os costumes, nem os ritos, nem as leis, nem os sábios daquela raça; que vinha pois fazer ali senão expor-me, pelo aparato da minha riqueza, aos assaltos de um povo que há quarenta e quatro séculos é pirata nos mares e traz as terras varridas de rapina?...

Além disso, Ti-Chin-Fú e o seu papagaio continuavam invisíveis, remontados decerto ao Céu chinês dos Avós; e já o aplacamento do remorso visível diminuíra em mim singularmente o desejo da expiação...

Sem dúvida o velho letrado estava fatigado de deixar essas regiões inefáveis para se vir estirar pelos meus móveis. Vira os meus esforços, o meu desejo de ser útil à sua prole, à sua província, à sua raça – e, satisfeito, acomodara-se regaladamente para a sua sesta eterna. Eu nunca mais avistaria a sua pança amarela!...

E então mordia-me o apetite de me achar já tranquilo e livre, no pacífico gozo do meu ouro, ao Loreto ou no *boulevard*, sorvendo o mel às flores da Civilização...

Mas a viúva de Ti-Chin-Fú, as mimosas senhoras da sua descendência, os netos pequeninos?... Iria eu deixá-los barbaramente, na fome e no frio, pelas vielas negras de Tien-Hó? Não. Esses não eram culpados das pedradas que me atirara a população. E eu, cristão, asilado num convento cristão, tendo à cabeceira da cama o Evangelho, cercado de existências que eram encarnações de Caridade – não podia partir do Império sem restituir àqueles que despojara a abundância, esse conforto honesto que recomenda o Clássico da Piedade Filial...

Então escrevi a Camilloff. Contava-lhe a minha abjeta fuga, sob as pedras da turba chinesa; o abrigo cristão que me dera a missão; o vivaz desejo de partir do Império do Meio. Pedia-lhe que remetesse ele à viúva de Ti-Chin-Fú os milhões depositados por mim em casa do mercador Tsing-Fó, na Avenida de Cha-Coua, ao lado do arco triunfal de Tong, junto ao templo da deusa Kaonine.

O alegre padre Loriot, que ia a Pequim em missão, levou esta carta, que eu lacrara com o selo do convento – uma cruz saindo de um coração em chamas...

Os dias passaram. As primeiras neves alvejaram nas montanhas setentrionais da Manchúria; e eu ocupava-me a caçar a gazela pela Terra das Ervas... Horas enérgicas e fortemente vividas, as dessas manhãs, quando eu largava à desfilada, no grande ar agreste da planície, entre os monteadores mongólicos que, com um grito ululado e vibrante, batiam o matagal à lançada! Por vezes, uma gazela saltava; e, de orelha baixa, estirada e fina, partia no fio do vento... Soltávamos o falcão, que voava sobre ela, de asa serena, dando-lhe a espaços regulares, com toda a força do bico recurvo, uma picada viva no crânio. E íamo-la abater, por fim, à beira de alguma água morta, coberta de nenúfares... Então os cães negros da Tartária amontoavam-se-lhe sobre o ventre, e, com as patas no sangue, iam-lhe, a ponta de dente, desfiando devagar as entranhas...

Uma manhã o leigo da portaria avistou enfim o alegre padre Loriot, galgando à lufa-lufa pelo caminho íngreme do burgo, de volta de Pequim, com a sua mochila ao ombro e uma criancinha nos braços: tinha-a encontrado abandonada, nuazinha, morrendo à beira de um caminho; batizara-a logo num regato com o nome de *Bem-Achado;* ali a trazia, todo enternecido, arquejando de tanto que estugara o passo, para dar depressa à criaturinha esfomeada o bom leite de cabra do convento...

Depois de abraçar os religiosos, de enxugar as grossas bagas de suor, tirou da algibeira dos calções um envelope com o selo da águia russa:

– É isto que manda o papá Camilloff, amigo Teodoro. Ficou ótimo. E a senhora também... Tudo rijo.

Corri a um recanto do claustro a ler as duas folhas de prosa. Meu bom Camilloff, de calva severa e olho de mocho! Como ele aliava tão originalmente ao senso fino de um hábil de Chancelaria as caturrices picarescas de diplomata bufo! A carta dizia assim:

Amigo, hóspede, e caríssimo Teodoro,

Às primeiras linhas da sua carta ficamos consternados! Mas logo as seguintes nos deram um grato alívio, por nos certificar que estava com esses santos padres da Missão cristã... Eu partia para o *Yamen* imperial a fazer uma severa reclamação ao príncipe Tong, sobre o escândalo de Tien-Hó. Sua Excelência mostrou um júbilo desordenado! Porque, se lamenta como particular a ofensa, o roubo e as pedradas que o meu hóspede sofreu, como ministro do Império vê aí a doce oportunidade de extorquir à vila de Tien-Hó, em multa, em castigo da injúria feita a um estrangeiro, a vantajosa soma de *trezentos mil francos,* ou, segundo os cálculos do nosso sagaz Meriskoff, *cinquenta e quatro contos de réis* na moeda do seu belo país! É, como disse Meriskoff, um excelente resultado para o Erário imperial, e fica assim a sua orelha copiosamente vingada... Aqui, começam a picar os primeiros frios, e já estamos usando peles. O bom Meriskoff vai sofrendo do fígado, mas a dor não lhe altera o critério filosófico nem a sábia verbosidade... Tivemos um grande desgosto: o lindo cãozinho da boa *Madame* Tagarieff, a esposa do nosso amado secretário, o adorável *Tu-tu*, desapareceu na manhã de 15... Fiz, na polícia, instâncias urgentes: mas o *Tu-tu* não nos foi restituído – e o sentimento é tanto maior quanto é sabido que a populaça de Pequim aprecia extremamente estes cãezinhos, guisados em calda de açúcar... Deu-se aqui um fato abominável e de consequências funestas: a ministra de França, essa petulante *Madame* Grijon, esse *galho seco* (como diz o nosso Meriskoff), no último jantar da legação, deu, em desprezo de todas as regras internacionais, o braço, o seu descarnado braço, e a sua direita à mesa a um simples adido inglês, *lord* Gordon! Que me diz a isto? É crível? É racional? É destruir a ordem social! O braço, à direita, a um adido, um escocês cor de tijolo, de vidro entalado no olho, quando havia presentes todos os embaixadores, os ministros, e eu! Isto tem causado, no corpo diplomático, uma sensação inenarrável... Esperamos instruções dos nossos governos. Como diz Meriskoff, oscilando tristemente a cabeça – é grave... *é muito grave*!

– O que prova (e ninguém o duvida) que *lord* Gordon é o Benjamim do *galho seco*. Que podridão! Que lodo!... A generala não tem passado bem desde a sua partida para a malfadada Tien-Hó; o doutor Pagloff não lhe percebe o mal; é uma languidez, um murchar, uma saudosa indolência que a conserva horas e horas imóvel sobre o sofá, no *Pavilhão do Repouso Discreto*, com o olhar vago e o lábio cheio de suspiros... Eu não me iludo; sei perfeitamente o que a mina: é a desgraçada doença de bexiga, que lhe veio das más águas, quando estivemos na legação de Madri... Seja feita a vontade do Senhor!... Ela pede-me para lhe mandar *un petit bonjour*, e deseja que o meu hóspede apenas chegue a Paris, se for a Paris, lhe remeta pela mala da embaixada para S. Petersburgo (daí virá a Pequim) duas dúzias de luvas de doze botões, número *cinco e três quartos*, da marca *Sol*, dos armazéns do Louvre; assim como os últimos romances de Zola, MADEMOISELLE DE MAUPIN, de Gautier, e uma caixa de frascos de *Opoponax*... Esquecia-me dizer-lhe que mudamos de padeiro; fornecemo-nos agora da padaria da Embaixada inglesa: deixamos a da Embaixada francesa, para não ter comunicações com o *galho seco*... Aí estão os inconvenientes de não termos aqui na Embaixada russa uma padaria – apesar de tantos relatórios, tantas reclamações que, sobre esse ponto, tenho feito para a chancelaria de S. Petersburgo! Eles sabem bem que em Pequim não há padarias, que cada legação tem a sua própria, como um elemento de instalação e de influência. Mas quê! Na corte imperial desatendem-se os mais sérios interesses da civilização russa!... Creio que é tudo o que há de novo em Pequim e nas legações. Meriskoff recomenda-se, e todos desta Embaixada; e também o condezinho Arthur, o Zizi da legação espanhola, o *Focinho Caído*, e o Lulu; enfim todos; eu mais que ninguém, que me assino com saudade e afeição

General Camilloff

P. S. – E, quanto à viúva e família de Ti-Chin-Fú, houve um engano: o astrólogo do templo de Faqua equivocou-se na interpretação sideral: não é realmente em Tien-Hó que reside essa família... É ao sul da China, na província de Cantão. Mas também há uma família Ti-Chin-Fú para além da Grande Muralha, quase na fronteira russa, no distrito de Ka-ó-li. A ambas morreu o chefe, a ambas assaltou a pobreza... Portanto, esperando novas ordens, não levantei os dinheiros da casa de Tsing-Fó. Esta recente informação mandou-ma hoje sua excelência o príncipe Tong, com uma deliciosa compota de calombro... Devo anunciar-lhe que o nosso bom Sá-Tó aqui apareceu, de volta de Tien-Hó, com um beiço rachado e leves contusões no ombro, tendo apenas salvado da bagagem saqueada uma litografia de Nossa Senhora das Dores, que, pela inscrição a tinta, vejo que pertencera a sua respeitável mamã... Os meus valentes cossacos, esses, lá ficaram numa poça de sangue. Sua excelência o príncipe Tong condescende em mos pagar a dez mil francos cada um, das somas extorquidas à vila de Tien-Hó... Sá-Tó diz-me que, se o meu hóspede, como é natural, recomeçar as suas viagens através do Império em busca dos Ti-Chin-Fú, ele considerar-se-ia honrado e venturoso em o acompanhar, com uma fidelidade canina e uma docilidade cossaca...

Camilloff

– Não! nunca! – rugi com furor, amarrotando a carta, monologando a largas passadas pelo melancólico claustro. – Não, por Deus ou pelo Demônio! Ir de novo bater as estradas da China? Jamais! Oh sorte grotesca e desastrosa! Deixo os meus regalos ao Loreto, o meu ninho amoroso de Paris, venho rolado pela vaga enjoadora de Marselha a Xangai, sofro as pulgas das bateiras chinesas, o fedor das vielas, a poeirada dos caminhos áridos, e para quê? Tinha um plano, que se erguia até os céus, grandioso e ornamentado como um troféu; por sobre ele cintilava, de alto a baixo, toda a sorte de ações boas; e eis que o vejo tombar ao chão, peça a peça, numa ruína! Queria dar o meu nome, os meus milhões e metade do meu leito de ouro a uma senhora Ti-Chin-Fú – e não mo permitem os prejuízos sociais de uma raça bárbara! Pretendo, com o botão de cristal de Mandarim, remodelar os destinos da China, trazer-lhe a prosperidade civil – e veda-mo a lei imperial! Aspiro a derramar uma esmola sem fim por esta populaça faminta – e corro o perigo ingrato de ser decapitado como instigador de rebeliões! Venho enriquecer uma vila – e a turba tumultuosa apedreja-me! Ia enfim dar a abundância, o conforto que louva Confúcio, à família Ti-Chin-Fú – e essa família some-se, evapora-se como um fumo, e outras famílias Ti-Chin-Fú surgem, aqui e além, vagamente, ao sul, a oeste, como clarões enganadores... E havia de ir a Cantão, a Ka-ó-li, expor a outra orelha a tijolos brutais, fugir ainda pelos escampados, agarrado às crinas de um potro? Jamais!

Parei; e de braços erguidos, falando às arcadas do claustro, às árvores, ao ar silencioso e fino que me envolvia:

– Ti-Chin-Fú! – bradei. – Ti-Chin-Fú! Para te aplacar, fiz o que era racional, generoso e lógico! Estás enfim satisfeito, letrado venerável, tu, o teu gentil papagaio, a tua pança oficial? Fala-me! Fala-me!...

Escutei, olhei: a roldana do poço, àquela hora do meio-dia, rangia devagar, no pátio; sob as amoreiras, ao longo da arcaria do claustro, secavam em papel de seda as folhas de chá da colheita de outubro; da porta meio cerrada da aula vinha um sussurro lento de declinações latinas; era uma paz severa, feita da simplicidade das ocupações, da honestidade dos estudos, do ar pastoril daquela colina, onde dormia, sob um sol branco de inverno, o burgo religioso... E, com aquela serenidade ambiente, pareceu-me receber na alma, de repente, uma pacificação absoluta!

Acendi com os dedos ainda trêmulos um charuto, e disse, limpando na testa uma baga de suor, esta palavra, resumo de um destino:

– Bem, Ti-Chin-Fú está contente.

Fui logo à cela do excelente padre Giulio. Ele lia o seu Breviário à janela, debicando confeitos de açúcar, com o gato do convento no colo.

– Reverendíssimo, volto à Europa... Algum dos nossos bons padres vai por acaso, em missão, para os lados de Xangai?...

O venerável Superior pôs os seus óculos redondos: e folheando com unção um vasto registo em letra chinesa, ia assim murmurando:

– Quinto dia da décima Lua... Sim, há o padre Anacleto para Tien-Tsin, para a novena dos Irmãos da Santa Creche.

Duodécima Lua, o padre Sanchez para Tien-Tsin também, para a obra do Catecismo aos Órfãos... Sim, caro hóspede, tem companheiros para leste...

– Amanhã?

– Amanhã. É dolorosa a separação nestes confins do mundo, quando as almas se compreendem bem em Jesus... O nosso padre Gutierrez que lhe faça um bom farnel... Nós já o amávamos como irmão, Teodoro... Coma um confeito, são deliciosos... As coisas estão em feliz repouso quando se acham no seu lugar e elemento natural; o lugar do coração do homem é o coração de Deus; e o seu está nesse asilo seguro... Coma um confeito... Que é isso, meu filho, que é isso?

Eu estava colocando sobre o seu Breviário aberto, numa página do Evangelho de pobreza, um rolo de notas do *Banco de Inglaterra*; e balbuciei:

– Meu reverendíssimo, para os seus pobres...

– Excelente, excelente... O nosso bom Gutierrez que lhe faça um farnel copioso... *Amen*, meu filho... *In Deo omnia spes!*...

Ao outro dia, entre o padre Anacleto e o padre Sanchez, montado na mula branca do convento, desci o burgo, ao repique dos sinos. E aí vamos para Hiang-Hiam, vila negra e murada, onde atracam os barcos que descem a Tien-Tsin. Já as terras ao longo do Pei-Hó estavam todas brancas de neve; nas enseadas baixas já a água ia gelando; e embrulhados em peles de carneiro, em roda do fogareiro, à popa do barco, os bons padres e eu íamos conversando de trabalhos de missionários, de coisas da China, por vezes dos interesses do Céu – passando em redor sem cessar o grosso frasco da genebra...

Em Tien-Tsin separei-me daqueles santos camaradas. E daí a duas semanas, por um meio-dia de sol tépido, passeava, fumando o meu charuto e olhando a azáfama dos cais de Hong-Kong, no tombadilho do *Java*, que ia levantar ferro para a Europa.

Foi um momento comovente para mim aquele em que vi, às primeiras voltas da hélice, afastar-se a terra da China.

Desde que acordara, nessa manhã, uma inquietação surda recomeçava a pesar-me na alma. Agora, punha-me a pensar que viera àquele vasto império para acalmar pela expiação um protesto temeroso da Consciência; e por fim, impelido por uma impaciência nervosa, aí partia, sem ter feito mais que desonrar os bigodes brancos de um general heroico e ter recebido pedradas pela orelha numa vila dos confins da Mongólia.

Estranho destino, o meu!...

Até o anoitecer estive encostado sombriamente à borda do paquete, vendo o mar liso, como uma vasta peça de seda azul, dobrar-se aos lados em duas pregas moles; pouco a pouco grandes estrelas palpitaram na concavidade negra, e a hélice na sombra ia trabalhando em ritmo. Então, tomado de uma fadiga mole, fui errando pelo paquete, olhando, aqui e além, a bússola alumiada; os montões de cabrestantes; as peças da máquina, numa claridade ardente, batendo em cadência; as fagulhas que fugiam do cano, num rolo de fumaraça negra; os marinheiros de barba ruiva, imóveis à roda do leme; e as formas dos pilotos, sobre o pontal, altas e vagas na noite. Na *cabine* do capitão, um inglês de capacete de cortiça, cercado de damas que bebiam *cognac*, ia tocando melancolicamente na flauta a ária de *Bonnie Dundee*...

Eram onze horas quando desci ao meu beliche. As luzes já estavam apagadas; mas a lua que se erguia ao nível da água, redonda e branca, batia o vidro da *cabine* com um raio de claridade; e então, a essa meia-tinta pálida, lá vi estirada sobre a maca a figura pançuda, vestida de seda amarela, com o seu papagaio nos braços!

Era ele, outra vez!

E foi *ele*, perpetuamente! Foi *ele* em Cingapura e em Ceilão. Foi *ele* erguendo-se dos areais do deserto ao passarmos no canal de Suez; adiantando-se à proa de um barco de provisões quando paramos em Malta; resvalando sobre as rosadas montanhas da Sicília; emergindo dos nevoeiros que cercam o morro de Gibraltar! Quando desembarquei em Lisboa, no cais das Colunas, a sua figura bojuda enchia todo o arco da rua Augusta; o seu olho oblíquo fixava-me – e os dois olhos pintados do seu papagaio pareciam fixar-me – também...

VIII

Então, certo que não poderia jamais aplacar Ti-Chin-Fú, toda essa noite no meu quarto ao Loreto, onde como outrora as velas inumeráveis das serpentinas davam aos damascos tons de sangue fresco, meditei sacudir de mim, como um adorno de pecado, esses milhões sobrenaturais. E assim me libertaria talvez daquela pança e daquele papagaio abominável!

Abandonei o palacete ao Loreto, a existência de Nababo. Fui, com uma quinzena coçada, realugar o meu quarto na casa da *Madame* Marques; e voltei à Repartição, de espinhaço curvo, a implorar os meus vinte mil-réis mensais, e a minha doce pena de amanuense!...

Mas um sofrimento maior veio amargurar os meus dias. Julgando-me arruinado, todos aqueles que a minha opulência humilhara cobriram-me de ofensas como se alastra de lixo uma estátua derrubada de príncipe decaído. Os jornais, num triunfo de ironia, achincalharam a minha miséria. A aristocracia, que balbuciara adulações aos pés do Nababo, ordenava agora aos seus cocheiros que atropelassem nas ruas o corpo encolhido do plumitivo de Secretaria. O clero, que eu enriquecera, acusava-me de *feiticeiro*; o povo atirou-me pedras; e a *Madame* Marques, quando eu me queixava humildemente da dureza granítica dos bifes, plantava as duas mãos à cinta, e gritava:

– Ora, o enguiço! Então que quer você mais? Aguente! Olha o pelintra!...

E, apesar desta expiação, o velho Ti-Chin-Fú lá estava sempre à minha ilharga, obeso e cor de oca – porque os seus milhões, que jaziam agora estéreis e intactos nos Bancos, ainda de fato eram meus! Desgraçadamente meus!

Então, indignado, um dia subitamente reentrei com estrondo no meu palacete e no meu luxo. Nessa noite, de novo o resplendor das minhas janelas alumiou o Loreto; e, pelo portão aberto, viram-se como outrora negrejar, nas suas fardas de seda negra, as longas filas de lacaios decorativos.

Logo, Lisboa, sem hesitar, se rojou aos meus pés. A *Madame* Marques chamou-me, chorando, *filho do seu coração*. Os jornais deram-me os qualificativos que, de antiga tradição, pertencem à Divindade: fui o *Onipotente*, fui o *Onisciente*! A aristocracia beijou-me os dedos como a um Tirano; e o clero incensou-me como a um ídolo. E o meu desprezo pela Humanidade foi tão largo – que se estendeu ao Deus que a criou.

Desde então uma saciedade enervante mantém-me semanas inteiras num sofá, mudo e soturno, pensando na felicidade do *não-ser*...

Uma noite, recolhendo só por uma rua deserta, vi diante de mim o Personagem vestido de preto com o guarda-chuva debaixo do braço, o mesmo que no meu quarto feliz da travessa da Conceição me fizera, a um *ti-li-tim* de campainha, herdar tantos milhões detestáveis. Corri para ele, agarrei-me às abas da sua sobrecasaca burguesa, bradei:

– Livra-me das minhas riquezas! Ressuscita o Mandarim! Restitui-me a paz da miséria!

Ele passou gravemente o seu guarda-chuva para debaixo do outro braço, e respondeu com bondade:

– Não pode ser, meu prezado senhor, não pode ser...

Eu atirei-me aos seus pés numa suplicação abjeta; mas só vi diante de mim, sob uma luz mortiça de gás, a forma magra de um cão farejando o lixo.

Nunca mais encontrei esse indivíduo. – E agora o mundo parece-me um imenso montão de ruínas, onde a minha alma solitária, como um exilado que erra por entre colunas tombadas, geme, sem descontinuar...

As flores dos meus aposentos murcham e ninguém as renova, toda a luz me parece uma tocha, e quando as minhas amantes vêm, na brancura dos seus penteadores, encostar-se ao meu leito, eu choro – como se avistasse a legião amortalhada das minhas alegrias defuntas...

Sinto-me morrer. Tenho o meu testamento feito. Nele lego os meus milhões ao Demônio; pertencem-lhe; ele que os reclame e que os reparta...

E a vós, homens, lego-vos apenas, sem comentários, estas palavras:

"Só sabe bem o pão que dia a dia ganham as nossas mãos: nunca mates o Mandarim!"

E, todavia, ao expirar, consola-me prodigiosamente esta ideia: que do Norte ao Sul e do Oeste a Leste, desde a Grande Muralha da Tartária até às ondas do Mar Amarelo, em todo o vasto Império da China, nenhum Mandarim ficaria vivo, se tu, tão facilmente como eu, o pudesses suprimir e herdar-lhe os milhões, ó leitor, criatura improvisada por Deus, obra má de má argila, meu semelhante e meu irmão!

Coleção L&PM POCKET (Lançamentos mais recentes)

802. **O grande golpe** – Dashiell Hammett
803. **Humor barra pesada** – Nani
804. **Vinho** – Jean-François Gautier
805. **Egito Antigo** – Sophie Desplancques
806. (14). **Baudelaire** – Jean-Baptiste Baronian
807. **Caminho da sabedoria, caminho da paz** – Dalai Lama e Felizitas von Schönborn
808. **Senhor e servo e outras histórias** – Tolstói
809. **Os cadernos de Malte Laurids Brigge** – Rilke
810. **Dilbert (5)** – Scott Adams
811. **Big Sur** – Jack Kerouac
812. **Seguindo a correnteza** – Agatha Christie
813. **O álibi** – Sandra Brown
814. **Montanha-russa** – Martha Medeiros
815. **Coisas da vida** – Martha Medeiros
816. **A cantada infalível** *seguido de* **A mulher do centroavante** – David Coimbra
819. **Snoopy: Pausa para a soneca (9)** – Charles Schulz
820. **De pernas pro ar** – Eduardo Galeano
821. **Tragédias gregas** – Pascal Thiercy
822. **Existencialismo** – Jacques Colette
823. **Nietzsche** – Jean Granier
824. **Amar ou depender?** – Walter Riso
825. **Darmapada: A doutrina budista em versos**
826. **J'Accuse...!** – **a verdade em marcha** – Zola
827. **Os crimes ABC** – Agatha Christie
828. **Um gato entre os pombos** – Agatha Christie
831. **Dicionário de teatro** – Luiz Paulo Vasconcellos
832. **Cartas extraviadas** – Martha Medeiros
833. **A longa viagem de prazer** – J. J. Morosoli
834. **Receitas fáceis** – J. A. Pinheiro Machado
835. (14). **Mais fatos & mitos** – Dr. Fernando Lucchese
836. (15). **Boa viagem!** – Dr. Fernando Lucchese
837. **Aline: Finalmente nua!!! (4)** – Adão Iturrusgarai
838. **Mônica tem uma novidade!** – Mauricio de Sousa
839. **Cebolinha em apuros!** – Mauricio de Sousa
840. **Sócios no crime** – Agatha Christie
841. **Bocas do tempo** – Eduardo Galeano
842. **Orgulho e preconceito** – Jane Austen
843. **Impressionismo** – Dominique Lobstein
844. **Escrita chinesa** – Viviane Alleton
845. **Paris: uma história** – Yvan Combeau
846. (15). **Van Gogh** – David Haziot
848. **Portal do destino** – Agatha Christie
849. **O futuro de uma ilusão** – Freud
850. **O mal-estar na cultura** – Freud
853. **Um crime adormecido** – Agatha Christie
854. **Satori em Paris** – Jack Kerouac
855. **Medo e delírio em Las Vegas** – Hunter Thompson
856. **Um negócio fracassado e outros contos de humor** – Tchékhov
857. **Mônica está de férias!** – Mauricio de Sousa
858. **De quem é esse coelho?** – Mauricio de Sousa
860. **O mistério Sittaford** – Agatha Christie
861. **Manhã transfigurada** – L. A. de Assis Brasil
862. **Alexandre, o Grande** – Pierre Briant
863. **Jesus** – Charles Perrot
864. **Islã** – Paul Balta
865. **Guerra da Secessão** – Farid Ameur
866. **Um rio que vem da Grécia** – Cláudio Moreno
868. **Assassinato na casa do pastor** – Agatha Christie
869. **Manual do líder** – Napoleão Bonaparte
870. (16). **Billie Holiday** – Sylvia Fol
871. **Bidu arrasando!** – Mauricio de Sousa
872. **Os Sousa: Desventuras em família** – Mauricio de Sousa
874. **E no final a morte** – Agatha Christie
875. **Guia prático do Português correto – vol. 4** – Cláudio Moreno
876. **Dilbert (6)** – Scott Adams
877. (17). **Leonardo da Vinci** – Sophie Chauveau
878. **Bella Toscana** – Frances Mayes
879. **A arte da ficção** – David Lodge
880. **Striptiras (4)** – Laerte
881. **Skrotinhos** – Angeli
882. **Depois do funeral** – Agatha Christie
883. **Radicci 7** – Iotti
884. **Walden** – H. D. Thoreau
885. **Lincoln** – Allen C. Guelzo
886. **Primeira Guerra Mundial** – Michael Howard
887. **A linha de sombra** – Joseph Conrad
888. **O amor é um cão dos diabos** – Bukowski
890. **Despertar: uma vida de Buda** – Jack Kerouac
891. (18). **Albert Einstein** – Laurent Seksik
892. **Hell's Angels** – Hunter Thompson
893. **Ausência na primavera** – Agatha Christie
894. **Dilbert (7)** – Scott Adams
895. **Ao sul de lugar nenhum** – Bukowski
896. **Maquiavel** – Quentin Skinner
897. **Sócrates** – C.C.W. Taylor
899. **O Natal de Poirot** – Agatha Christie
900. **As veias abertas da América Latina** – Eduardo Galeano
901. **Snoopy: Sempre alerta! (10)** – Charles Schulz
902. **Chico Bento: Plantando confusão** – Mauricio de Sousa
903. **Penadinho: Quem é morto sempre aparece** – Mauricio de Sousa
904. **A vida sexual da mulher feia** – Claudia Tajes
905. **100 segredos de liquidificador** – José Antonio Pinheiro Machado
906. **Sexo muito prazer 2** – Laura Meyer da Silva
907. **Os nascimentos** – Eduardo Galeano
908. **As caras e as máscaras** – Eduardo Galeano
909. **O século do vento** – Eduardo Galeano
910. **Poirot perde uma cliente** – Agatha Christie
911. **Cérebro** – Michael O'Shea
912. **O escaravelho de ouro e outras histórias** – Edgar Allan Poe
913. **Piadas para sempre (4)** – Visconde da Casa Verde

914. **100 receitas de massas light** – Helena Tonetto
915(19). **Oscar Wilde** – Daniel Salvatore Schiffer
916. **Uma breve história do mundo** – H. G. Wells
917. **A Casa do Penhasco** – Agatha Christie
919. **John M. Keynes** – Bernard Gazier
920(20). **Virginia Woolf** – Alexandra Lemasson
921. **Peter e Wendy** *seguido de* **Peter Pan em Kensington Gardens** – J. M. Barrie
922. **Aline: numas de colegial (5)** – Adão Iturrusgarai
923. **Uma dose mortal** – Agatha Christie
924. **Os trabalhos de Hércules** – Agatha Christie
926. **Kant** – Roger Scruton
927. **A inocência do Padre Brown** – G.K. Chesterton
928. **Casa Velha** – Machado de Assis
929. **Marcas de nascença** – Nancy Huston
930. **Aulete de bolso**
931. **Hora Zero** – Agatha Christie
932. **Morte na Mesopotâmia** – Agatha Christie
934. **Nem te conto, João** – Dalton Trevisan
935. **As aventuras de Huckleberry Finn** – Mark Twain
936(21). **Marilyn Monroe** – Anne Plantagenet
937. **China moderna** – Rana Mitter
938. **Dinossauros** – David Norman
939. **Louca por homem** – Claudia Tajes
940. **Amores de alto risco** – Walter Riso
941. **Jogo de damas** – David Coimbra
942. **Filha é filha** – Agatha Christie
943. **M ou N?** – Agatha Christie
945. **Bidu: diversão em dobro!** – Mauricio de Sousa
946. **Fogo** – Anaïs Nin
947. **Rum: diário de um jornalista bêbado** – Hunter Thompson
948. **Persuasão** – Jane Austen
949. **Lágrimas na chuva** – Sergio Faraco
950. **Mulheres** – Bukowski
951. **Um pressentimento funesto** – Agatha Christie
952. **Cartas na mesa** – Agatha Christie
954. **O lobo do mar** – Jack London
955. **Os gatos** – Patricia Highsmith
956(22). **Jesus** – Christiane Rancé
957. **História da medicina** – William Bynum
958. **O Morro dos Ventos Uivantes** – Emily Brontë
959. **A filosofia na era trágica dos gregos** – Nietzsche
960. **Os treze problemas** – Agatha Christie
961. **A massagista japonesa** – Moacyr Scliar
963. **Humor do miserê** – Nani
964. **Todo o mundo tem dúvida, inclusive você** – Édison de Oliveira
965. **A dama do Bar Nevada** – Sergio Faraco
969. **O psicopata americano** – Bret Easton Ellis
970. **Ensaios de amor** – Alain de Botton
971. **O grande Gatsby** – F. Scott Fitzgerald
972. **Por que não sou cristão** – Bertrand Russell
973. **A Casa Torta** – Agatha Christie
974. **Encontro com a morte** – Agatha Christie
975(23). **Rimbaud** – Jean-Baptiste Baronian
976. **Cartas na rua** – Bukowski
977. **Memória** – Jonathan K. Foster
978. **A abadia de Northanger** – Jane Austen
979. **As pernas de Úrsula** – Claudia Tajes
980. **Retrato inacabado** – Agatha Christie
981. **Solanin (1)** – Inio Asano
982. **Solanin (2)** – Inio Asano
983. **Aventuras de menino** – Mitsuru Adachi
984(16). **Fatos & mitos sobre sua alimentação** – Dr. Fernando Lucchese
985. **Teoria quântica** – John Polkinghorne
986. **O eterno marido** – Fiódor Dostoiévski
987. **Um safado em Dublin** – J. P. Donleavy
988. **Mirinha** – Dalton Trevisan
989. **Akhenaton e Nefertiti** – Carmen Seganfredo e A. S. Franchini
990. **On the Road – o manuscrito original** – Jack Kerouac
991. **Relatividade** – Russell Stannard
992. **Abaixo de zero** – Bret Easton Ellis
993(24). **Andy Warhol** – Mériam Korichi
995. **Os últimos casos de Miss Marple** – Agatha Christie
996. **Nico Demo: Aí vem encrenca** – Mauricio de Sousa
998. **Rousseau** – Robert Wokler
999. **Noite sem fim** – Agatha Christie
1000. **Diários de Andy Warhol (1)** – Editado por Pat Hackett
1001. **Diários de Andy Warhol (2)** – Editado por Pat Hackett
1002. **Cartier-Bresson: o olhar do século** – Pierre Assouline
1003. **As melhores histórias da mitologia: vol. 1** – A.S. Franchini e Carmen Seganfredo
1004. **As melhores histórias da mitologia: vol. 2** – A.S. Franchini e Carmen Seganfredo
1005. **Assassinato no beco** – Agatha Christie
1006. **Convite para um homicídio** – Agatha Christie
1008. **História da vida** – Michael J. Benton
1009. **Jung** – Anthony Stevens
1010. **Arsène Lupin, ladrão de casaca** – Maurice Leblanc
1011. **Dublinenses** – James Joyce
1012. **120 tirinhas da Turma da Mônica** – Mauricio de Sousa
1013. **Antologia poética** – Fernando Pessoa
1014. **A aventura de um cliente ilustre** *seguido de* **O último adeus de Sherlock Holmes** – Sir Arthur Conan Doyle
1015. **Cenas de Nova York** – Jack Kerouac
1016. **A corista** – Anton Tchékhov
1017. **O diabo** – Leon Tolstói
1018. **Fábulas chinesas** – Sérgio Capparelli e Márcia Schmaltz
1019. **O gato do Brasil** – Sir Arthur Conan Doyle
1020. **Missa do Galo** – Machado de Assis
1021. **O mistério de Marie Rogêt** – Edgar Allan Poe
1022. **A mulher mais linda da cidade** – Bukowski
1023. **O retrato** – Nicolai Gogol
1024. **O conflito** – Agatha Christie
1025. **Os primeiros casos de Poirot** – Agatha Christie

1027(25).**Beethoven** – Bernard Fauconnier
1028.**Platão** – Julia Annas
1029.**Cleo e Daniel** – Roberto Freire
1030.**Til** – José de Alencar
1031.**Viagens na minha terra** – Almeida Garrett
1032.**Profissões para mulheres e outros artigos feministas** – Virginia Woolf
1033.**Mrs. Dalloway** – Virginia Woolf
1034.**O cão da morte** – Agatha Christie
1035.**Tragédia em três atos** – Agatha Christie
1037.**O fantasma da Ópera** – Gaston Leroux
1038.**Evolução** – Brian e Deborah Charlesworth
1039.**Medida por medida** – Shakespeare
1040.**Razão e sentimento** – Jane Austen
1041.**A obra-prima ignorada** *seguido de* **Um episódio durante o Terror** – Balzac
1042.**A fugitiva** – Anaïs Nin
1043.**As grandes histórias da mitologia greco-romana** – A. S. Franchini
1044.**O corno de si mesmo & outras historietas** – Marquês de Sade
1045.**Da felicidade** *seguido de* **Da vida retirada** – Sêneca
1046.**O horror em Red Hook e outras histórias** – H. P. Lovecraft
1047.**Noite em claro** – Martha Medeiros
1048.**Poemas clássicos chineses** – Li Bai, Du Fu e Wang Wei
1049.**A terceira moça** – Agatha Christie
1050.**Um destino ignorado** – Agatha Christie
1051(26).**Buda** – Sophie Royer
1052.**Guerra Fria** – Robert J. McMahon
1053.**Simons's Cat: as aventuras de um gato travesso e comilão – vol. 1** – Simon Tofield
1054.**Simons's Cat: as aventuras de um gato travesso e comilão – vol. 2** – Simon Tofield
1055.**Só as mulheres e as baratas sobreviverão** – Claudia Tajes
1057.**Pré-história** – Chris Gosden
1058.**Pintou sujeira!** – Mauricio de Sousa
1059.**Contos de Mamãe Gansa** – Charles Perrault
1060.**A interpretação dos sonhos: vol. 1** – Freud
1061.**A interpretação dos sonhos: vol. 2** – Freud
1062.**Frufru Rataplã Dolores** – Dalton Trevisan
1063.**As melhores histórias da mitologia egípcia** – Carmem Seganfredo e A.S. Franchini
1064.**Infância. Adolescência. Juventude** – Tolstói
1065.**As consolações da filosofia** – Alain de Botton
1066.**Diários de Jack Kerouac – 1947-1954**
1067.**Revolução Francesa – vol. 1** – Max Gallo
1068.**Revolução Francesa – vol. 2** – Max Gallo
1069.**O detetive Parker Pyne** – Agatha Christie
1070.**Memórias do esquecimento** – Flávio Tavares
1071.**Drogas** – Leslie Iversen
1072.**Manual de ecologia (vol.2)** – J. Lutzenberger
1073.**Como andar no labirinto** – Affonso Romano de Sant'Anna
1074.**A orquídea e o serial killer** – Juremir Machado da Silva
1075.**Amor nos tempos de fúria** – Lawrence Ferlinghetti
1076.**A aventura do pudim de Natal** – Agatha Christie
1078.**Amores que matam** – Patricia Faur
1079.**Histórias de pescador** – Mauricio de Sousa
1080.**Pedaços de um caderno manchado de vinho** – Bukowski
1081.**A ferro e fogo: tempo de solidão (vol.1)** – Josué Guimarães
1082.**A ferro e fogo: tempo de guerra (vol.2)** – Josué Guimarães
1084(17).**Desembarcando o Alzheimer** – Dr. Fernando Lucchese e Dra. Ana Hartmann
1085.**A maldição do espelho** – Agatha Christie
1086.**Uma breve história da filosofia** – Nigel Warburton
1088.**Heróis da História** – Will Durant
1089.**Concerto campestre** – L. A. de Assis Brasil
1090.**Morte nas nuvens** – Agatha Christie
1092.**Aventura em Bagdá** – Agatha Christie
1093.**O cavalo amarelo** – Agatha Christie
1094.**O método de interpretação dos sonhos** – Freud
1095.**Sonetos de amor e desamor** – Vários
1096.**120 tirinhas do Dilbert** – Scott Adams
1097.**200 fábulas de Esopo**
1098.**O curioso caso de Benjamin Button** – F. Scott Fitzgerald
1099.**Piadas para sempre: uma antologia para morrer de rir** – Visconde da Casa Verde
1100.**Hamlet (Mangá)** – Shakespeare
1101.**A arte da guerra (Mangá)** – Sun Tzu
1104.**As melhores histórias da Bíblia (vol.1)** – A. S. Franchini e Carmen Seganfredo
1105.**As melhores histórias da Bíblia (vol.2)** – A. S. Franchini e Carmen Seganfredo
1106.**Psicologia das massas e análise do eu** – Freud
1107.**Guerra Civil Espanhola** – Helen Graham
1108.**A autoestrada do sul e outras histórias** – Julio Cortázar
1109.**O mistério dos sete relógios** – Agatha Christie
1110.**Peanuts: Ninguém gosta de mim... (amor)** – Charles Schulz
1111.**Cadê o bolo?** – Mauricio de Sousa
1112.**O filósofo ignorante** – Voltaire
1113.**Totem e tabu** – Freud
1114.**Filosofia pré-socrática** – Catherine Osborne
1115.**Desejo de status** – Alain de Botton
1118.**Passageiro para Frankfurt** – Agatha Christie
1120.**Kill All Enemies** – Melvin Burgess
1121.**A morte da sra. McGinty** – Agatha Christie
1122.**Revolução Russa** – S. A. Smith
1123.**Até você, Capitu?** – Dalton Trevisan
1124.**O grande Gatsby (Mangá)** – F. S. Fitzgerald
1125.**Assim falou Zaratustra (Mangá)** – Nietzsche
1126. **Peanuts: É para isso que servem os amigos (amizade)** – Charles Schulz
1127(27).**Nietzsche** – Dorian Astor
1128.**Bidu: Hora do banho** – Mauricio de Sousa
1129.**O melhor do Macanudo Taurino** – Santiago
1130.**Radicci 30 anos** – Iotti

1131. **Show de sabores** – J.A. Pinheiro Machado
1132. **O prazer das palavras** – vol. 3 – Cláudio Moreno
1133. **Morte na praia** – Agatha Christie
1134. **O fardo** – Agatha Christie
1135. **Manifesto do Partido Comunista (Mangá)** – Marx & Engels
1136. **A metamorfose (Mangá)** – Franz Kafka
1137. **Por que você não se casou... ainda** – Tracy McMillan
1138. **Textos autobiográficos** – Bukowski
1139. **A importância de ser prudente** – Oscar Wilde
1140. **Sobre a vontade na natureza** – Arthur Schopenhauer
1141. **Dilbert (8)** – Scott Adams
1142. **Entre dois amores** – Agatha Christie
1143. **Cipreste triste** – Agatha Christie
1144. **Alguém viu uma assombração?** – Mauricio de Sousa
1145. **Mandela** – Elleke Boehmer
1146. **Retrato do artista quando jovem** – James Joyce
1147. **Zadig ou o destino** – Voltaire
1148. **O contrato social (Mangá)** – J.-J. Rousseau
1149. **Garfield fenomenal** – Jim Davis
1150. **A queda da América** – Allen Ginsberg
1151. **Música na noite & outros ensaios** – Aldous Huxley
1152. **Poesias inéditas & Poemas dramáticos** – Fernando Pessoa
1153. **Peanuts: Felicidade é...** – Charles M. Schulz
1154. **Mate-me por favor** – Legs McNeil e Gillian McCain
1155. **Assassinato no Expresso Oriente** – Agatha Christie
1156. **Um punhado de centeio** – Agatha Christie
1157. **A interpretação dos sonhos (Mangá)** – Freud
1158. **Peanuts: Você não entende o sentido da vida** – Charles M. Schulz
1159. **A dinastia Rothschild** – Herbert R. Lottman
1160. **A Mansão Hollow** – Agatha Christie
1161. **Nas montanhas da loucura** – H.P. Lovecraft
1162. (28). **Napoleão Bonaparte** – Pascale Fautrier
1163. **Um corpo na biblioteca** – Agatha Christie
1164. **Inovação** – Mark Dodgson e David Gann
1165. **O que toda mulher deve saber sobre os homens: a afetividade masculina** – Walter Riso
1166. **O amor está no ar** – Mauricio de Sousa
1167. **Testemunha de acusação & outras histórias** – Agatha Christie
1168. **Etiqueta de bolso** – Celia Ribeiro
1169. **Poesia reunida (volume 3)** – Affonso Romano de Sant'Anna
1170. **Emma** – Jane Austen
1171. **Que seja em segredo** – Ana Miranda
1172. **Garfield sem apetite** – Jim Davis
1173. **Garfield: Foi mal...** – Jim Davis
1174. **Os irmãos Karamázov (Mangá)** – Dostoiévski
1175. **O Pequeno Príncipe** – Antoine de Saint-Exupéry
1176. **Peanuts: Ninguém mais tem o espírito aventureiro** – Charles M. Schulz
1177. **Assim falou Zaratustra** – Nietzsche
1178. **Morte no Nilo** – Agatha Christie
1179. **Ê, soneca boa** – Mauricio de Sousa
1180. **Garfield a todo o vapor** – Jim Davis
1181. **Em busca do tempo perdido (Mangá)** – Proust
1182. **Cai o pano: o último caso de Poirot** – Agatha Christie
1183. **Livro para colorir e relaxar** – Livro 1
1184. **Para colorir sem parar**
1185. **Os elefantes não esquecem** – Agatha Christie
1186. **Teoria da relatividade** – Albert Einstein
1187. **Compêndio da psicanálise** – Freud
1188. **Visões de Gerard** – Jack Kerouac
1189. **Fim de verão** – Mohiro Kitoh
1190. **Procurando diversão** – Mauricio de Sousa
1191. **E não sobrou nenhum e outras peças** – Agatha Christie
1192. **Ansiedade** – Daniel Freeman & Jason Freeman
1193. **Garfield: pausa para o almoço** – Jim Davis
1194. **Contos do dia e da noite** – Guy de Maupassant
1195. **O melhor de Hagar 7** – Dik Browne
1196. (29). **Lou Andreas-Salomé** – Dorian Astor
1197. (30). **Pasolini** – René de Ceccatty
1198. **O caso do Hotel Bertram** – Agatha Christie
1199. **Crônicas de motel** – Sam Shepard
1200. **Pequena filosofia da paz interior** – Catherine Rambert
1201. **Os sertões** – Euclides da Cunha
1202. **Treze à mesa** – Agatha Christie
1203. **Bíblia** – John Riches
1204. **Anjos** – David Albert Jones
1205. **As tirinhas do Guri de Uruguaiana 1** – Jair Kobe
1206. **Entre aspas (vol.1)** – Fernando Eichenberg
1207. **Escrita** – Andrew Robinson
1208. **O spleen de Paris: pequenos poemas em prosa** – Charles Baudelaire
1209. **Satíricon** – Petrônio
1210. **O avarento** – Molière
1211. **Queimando na água, afogando-se na chama** – Bukowski
1212. **Miscelânea septuagenária: contos e poemas** – Bukowski
1213. **Que filosofar é aprender a morrer e outros ensaios** – Montaigne
1214. **Da amizade e outros ensaios** – Montaigne
1215. **O medo à espreita e outras histórias** – H.P. Lovecraft
1216. **A obra de arte na era de sua reprodutibilidade técnica** – Walter Benjamin
1217. **Sobre a liberdade** – John Stuart Mill
1218. **O segredo de Chimneys** – Agatha Christie
1219. **Morte na rua Hickory** – Agatha Christie
1220. **Ulisses (Mangá)** – James Joyce
1221. **Ateísmo** – Julian Baggini
1222. **Os melhores contos de Katherine Mansfield** – Katherine Mansfied
1223. (31). **Martin Luther King** – Alain Foix

1224. **Millôr Definitivo: uma antologia de** *A Bíblia do Caos* – Millôr Fernandes
1225. **O Clube das Terças-Feiras e outras histórias** – Agatha Christie
1226. **Por que sou tão sábio** – Nietzsche
1227. **Sobre a mentira** – Platão
1228. **Sobre a leitura** *seguido do* **Depoimento de Céleste Albaret** – Proust
1229. **O homem do terno marrom** – Agatha Christie
1230(32). **Jimi Hendrix** – Franck Médioni
1231. **Amor e amizade e outras histórias** – Jane Austen
1232. **Lady Susan, Os Watson e Sanditon** – Jane Austen
1233. **Uma breve história da ciência** – William Bynum
1234. **Macunaíma: o herói sem nenhum caráter** – Mário de Andrade
1235. **A máquina do tempo** – H.G. Wells
1236. **O homem invisível** – H.G. Wells
1237. **Os 36 estratagemas: manual secreto da arte da guerra** – Anônimo
1238. **A mina de ouro e outras histórias** – Agatha Christie
1239. **Pic** – Jack Kerouac
1240. **O habitante da escuridão e outros contos** – H.P. Lovecraft
1241. **O chamado de Cthulhu e outros contos** – H.P. Lovecraft
1242. **O melhor de Meu reino por um cavalo!** – Edição de Ivan Pinheiro Machado
1243. **A guerra dos mundos** – H.G. Wells
1244. **O caso da criada perfeita e outras histórias** – Agatha Christie
1245. **Morte por afogamento e outras histórias** – Agatha Christie
1246. **Assassinato no Comitê Central** – Manuel Vázquez Montalbán
1247. **O papai é pop** – Marcos Piangers
1248. **O papai é pop 2** – Marcos Piangers
1249. **A mamãe é rock** – Ana Cardoso
1250. **Paris boêmia** – Dan Franck
1251. **Paris libertária** – Dan Franck
1252. **Paris ocupada** – Dan Franck
1253. **Uma anedota infame** – Dostoiévski
1254. **O último dia de um condenado** – Victor Hugo
1255. **Nem só de caviar vive o homem** – J.M. Simmel
1256. **Amanhã é outro dia** – J.M. Simmel
1257. **Mulherzinhas** – Louisa May Alcott
1258. **Reforma Protestante** – Peter Marshall
1259. **História econômica global** – Robert C. Allen
1260(33). **Che Guevara** – Alain Foix
1261. **Câncer** – Nicholas James
1262. **Akhenaton** – Agatha Christie
1263. **Aforismos para a sabedoria de vida** – Arthur Schopenhauer
1264. **Uma história do mundo** – David Coimbra
1265. **Ame e não sofra** – Walter Riso
1266. **Desapegue-se!** – Walter Riso
1267. **Os Sousa: Uma família do barulho** – Mauricio de Sousa
1268. **Nico Demo: O rei da travessura** – Mauricio de Sousa
1269. **Testemunha de acusação e outras peças** – Agatha Christie
1270(34). **Dostoiévski** – Virgil Tanase
1271. **O melhor de Hagar 8** – Dik Browne
1272. **O melhor de Hagar 9** – Dik Browne
1273. **O melhor de Hagar 10** – Dik e Chris Browne
1274. **Considerações sobre o governo representativo** – John Stuart Mill
1275. **O homem Moisés e a religião monoteísta** – Freud
1276. **Inibição, sintoma e medo** – Freud
1277. **Além do princípio de prazer** – Freud
1278. **O direito de dizer não!** – Walter Riso
1279. **A arte de ser flexível** – Walter Riso
1280. **Casados e descasados** – August Strindberg
1281. **Da Terra à Lua** – Júlio Verne
1282. **Minhas galerias e meus pintores** – Kahnweiler
1283. **A arte do romance** – Virginia Woolf
1284. **Teatro completo v. 1: As aves da noite** *seguido de* **O visitante** – Hilda Hilst
1285. **Teatro completo v. 2: O verdugo** *seguido de* **A morte do patriarca** – Hilda Hilst
1286. **Teatro completo v. 3: O rato no muro** *seguido de* **Auto da barca de Camiri** – Hilda Hilst
1287. **Teatro completo v. 4: A empresa** *seguido de* **O novo sistema** – Hilda Hilst
1288. **Sapiens: Uma breve história da humanidade** – Yuval Noah Harari
1289. **Fora de mim** – Martha Medeiros
1290. **Divã** – Martha Medeiros
1291. **Sobre a genealogia da moral: um escrito polêmico** – Nietzsche
1292. **A consciência de Zeno** – Italo Svevo
1293. **Células-tronco** – Jonathan Slack
1294. **O fim do ciúme e outros contos** – Proust
1295. **A jangada** – Júlio Verne
1296. **A ilha do dr. Moreau** – H.G. Wells
1297. **Ninho de fidalgos** – Ivan Turguêniev
1298. **Jane Eyre** – Charlotte Brontë
1299. **Sobre gatos** – Bukowski
1300. **Sobre o amor** – Bukowski
1301. **Escrever para não enlouquecer** – Bukowski
1302. **222 receitas** – J. A. Pinheiro Machado
1303. **Reinações de Narizinho** – Monteiro Lobato
1304. **O Saci** – Monteiro Lobato
1305. **Memórias da Emília** – Monteiro Lobato
1306. **O Picapau Amarelo** – Monteiro Lobato
1307. **A reforma da Natureza** – Monteiro Lobato
1308. **Fábulas** *seguido de* **Histórias diversas** – Monteiro Lobato
1309. **Aventuras de Hans Staden** – Monteiro Lobato
1310. **Peter Pan** – Monteiro Lobato
1311. **Dom Quixote das crianças** – Monteiro Lobato
1312. **O Minotauro** – Monteiro Lobato

lepmeditores
www.lpm.com.br
o site que conta tudo

IMPRESSÃO:

PALLOTTI
GRÁFICA

Santa Maria - RS | Fone: (55) 3220.4500
www.graficapallotti.com.br